MEISTER DER EKSTASE

EIN REVERSE HAREM BDSM-ROMAN

IHRE HERREN & MEISTER
BUCH ZWEI

INES JOHNSON

Übersetzt von
SONJA LUISE HERBERTH

1

„Ihre Hintertür ist weit geöffnet für einen feindlichen Angriff." Ich legte die Hände auf die Gel-Handballenauflage vor meiner Tastatur und betrachtete das Chaos, das der Programmierer vor mir hinterlassen hatte.

Er – und ja, er musste ein Er sein, denn keine Frau hätte ein derartiges Durcheinander verursachen können – hatte *Python* verwendet, den Code, den sich die jungen Leute heutzutage auf YouTube-Videos aneignen.

Echt jetzt? Ich hatte diese Programmiersprache gelernt, bevor ich die Grundschule beendet hatte. In der achten Klasse hatte ich meiner Computer-Lehrerin bei der Entwicklung von Schulprojekten geholfen. Ihre Unterrichtsinhalte waren bestenfalls eine 3+ gewesen, nebenbei bemerkt.

Ich tippte auf weitere Tasten und wartete, während der Rechner meine Befehle langsam ausführte. „Die Datenübertragung ist total langsam. Ich brauche einen Dual-Channel-RAM für etwas mehr Reibung."

„Ich weiß, dass Sie vom Computer sprechen", hörte man eine tiefe Männerstimme aus meinen PC-Lautsprechern. „Aber jedes Wort aus Ihrem Mund klingt wie der Anfang eines Pornovideos."

Frank Gunns Augen waren groß. Das zu erkennen war angesichts des kleinen Rechtecks am unteren Rand des minimierten Videochats auf meinem Bildschirm ein Kunststück. Ein grüner Ring säumte das kristallklare Blau seiner Iris. Es lag eigentlich irgendwo zwischen Grün und Blau, kurz vor Indigo.

Die gemäßigten Farben dieses Spektrums hatten mich schon immer beruhigt. Im Kunstunterricht, den ich gehasst und gegen den ich lauter protestiert hatte als ein Kind mit spindeldürren Armen und Beinen gegen den Sportunterricht, hatte ich meine Farben immer in der Reihenfolge der ROYGBIV-Palette, also entsprechend des Regenbogens, aufstellen müssen. Wenn Grün neben Rot, oder Violett neben Orange gestanden hatte, hatte ich Bauchschmerzen bekommen und darum gebeten, mich im Krankenzimmer hinlegen zu dürfen.

Es gefiel mir, wenn Dinge geordnet waren. Ich mochte es, wenn Aufgaben nach einem bestimmten Verfahren erledigt wurden. Ich litt jedoch nicht an Zwängen, oder so. Meine Mutter hatte mich diesbezüglich untersuchen lassen … zweimal.

Der Anblick von Franks ordentlicher Augenfarbe in dem kleinen Fenster ließ meinen Bauch ein wenig grummeln. Und zwar nicht auf eine schlimme Art, die ein Hinlegen im Krankenzimmer erforderte. Was ein Problem war.

Frank fuhr sich mit einer Hand über das Gesicht. Mit seiner linken Hand. Der Hand mit dem goldenen Ring am vierten Finger.

Das kühlte mein wallendes Blut ein wenig ab. Ich war

eine Frau, der es gefiel, wenn jemand die Hintertür benutzte. Aber es war schon eine Weile her, dass ich dort Besuch bekommen hatte. Ich hatte nicht vor, Frank in nächster Zeit hereinzubitten.

Nicht, weil er verheiratet war. Ich war schon ein paar Mal die Dritte in einer offenen Beziehung gewesen. Es hatte Spaß gemacht. Weil ich nur den Spaß wollte und nicht den mühevollen Alltag.

Ich war eine Art Gast auf Zeit. Kein dauerhafter Co-Star. Ich hatte keine Lust auf eine wiederkehrende Rolle in einer Sitcom.

In meinem Terminkalender gab es kein Datum, das *für immer* bedeutete. Auch in einem virtuellen Kalender gab es diesen Tag nicht. Am 31. Dezember 1999 war der ganze Planet in Panik geraten, als man befürchtet hatte, die Computer würden einen Kurzschluss erleiden, weil die Geräte nicht so weit in die Zukunft sehen konnten.

Natürlich hatten die Uhren am Neujahrstag des Jahres 2000 weitergetickt. Dieses lächerliche Y2K-Problem hatte mir einen Fehler im Aufbau menschlicher Beziehungen gezeigt. Erstens, dass die Computerprogrammierer die wahre Macht auf dieser Erde innehatten. Und zweitens, dass man nicht allzu weit in die Zukunft planen sollte.

„Das Einzige, was hier drinnen schmutzig ist, ist Ihre Sicherheit", sagte ich zu Frank. „Ich weiß nicht, was Intel Corp. Ihnen erzählt hat, was sie in Ihrem System einrichten würden. Aber es hat dazu geführt, dass Sie nur ein paar Bytes davon entfernt waren, der Erbe eines lange verschollenen nigerianischen Prinzen zu werden."

„Man sagte mir, sie seien die Besten in der Branche", so Frank.

Das waren sie. Oder zumindest waren sie es, als ich dort angestellt gewesen war. Sie hatten meine Finger mit dem

Arbeitspensum, das sie mir auferlegt hatten, bis zur frühen Arthritis gebracht und mir zum Ausgleich keine Gehaltserhöhung gewährt. Also hatte ich gekündigt und meine eigene Firma gegründet.

„Die Intel Corp. empfiehlt immer noch den Internet Explorer für die beste Darstellung", sagte ich, während ich eine weitere Zeile unverständlichen Kauderwelschs schrieb. „Offensichtlich mögen sie es dort also schön langsam."

Frank hustete und hätte sich beinahe verschluckt, als er laut auflachte. Seine schöne Brust mit den wohldefinierten Brustmuskeln, aufgrund derer sich sein Hemd spannte, hob und senkte sich. Als gutgläubiges Geek Girl musste ich zugeben, dass das heiß war.

„Derartige Anspielungen machen Sie doch mit Absicht", sagte er, als er sich wieder beruhigt hatte.

Der blaue Anteil seiner Augen funkelte. Das Licht darin war wie eine neu eingesetzte Glühbirne, die hell leuchtet, wenn sie zum ersten Mal eingeschaltet wird. Ich hätte blinzeln sollen, aber es lud mich ein, mich nach vorne zu beugen. Um die Bildschirmfreigabe auszuschalten, auf der ich den fehlerhaften Code seines Spielprogramms reparierte, und das Video, das mich zeigte, auf volle Bildschirmansicht zu bringen.

Frank Gunn hatte etwas Anziehendes an sich. In seinen Augen lag ein angenehmer Glanz, und etwas Leichtes lag in seinem schiefen Lächeln, das alles andere als ein Grinsen war. Ich hasste Grinser.

Nein, hassen ist ein starkes Wort. Ich misstraute den Grinsern. Ein Grinsen war ein Lächeln, das sagte: *Ich mache mich über dich lustig, und es ist mir egal, wie du dich fühlst.* Ich fand diese Art von Grinsen völlig unaufrichtig.

Frank grinste nicht. Wenn überhaupt, dann war sein Lächeln ein wenig selbstironisch. Es war selten, bei einem Mann auf Selbstironie zu stoßen. Das lag wahrscheinlich an den Arten von Männern, mit denen ich sonst meine Zeit verbrachte. *Dom* und *Bescheidenheit* gehörten nicht in denselben Satz – oder ins Spielzimmer.

„Als Letztes muss ich nur noch Ihren Joystick mit den neuesten Treibern kalibrieren."

Frank warf den Kopf zurück, und ein noch lauteres Lachen dröhnte aus meinen Lautsprechern. Er lehnte sich so weit zurück, dass ich einen Blick auf seinen unteren Bauch erhaschen konnte, denn sein Hemd hob sich bis knapp über den Bund seiner Hose. Die Anfänge eines Sixpacks winkten zur Begrüßung, während das Lachen über seinen Unterleib wogte. Ein Teil seiner Bauchbehaarung war knapp über seinem Gürtel zu sehen und verschwand dann unter einem Knopf, der sich leicht verdrehte, als bedeutete er mir, ihm zu folgen.

„Ich schwöre, das war keine Absicht", erwiderte ich, während ich die Programmierung beendete, um die Controller für seine Spiel-Software auf den neuesten Stand zu bringen.

„Also war alles andere eine Anspielung?", fragte er.

Ich zuckte mit den Schultern. Vielleicht? Möglicherweise? Wahrscheinlich?

Ich flirtete nicht mit Kunden. Aber nur, weil die meisten meinen Sinn für Humor nicht verstanden. Ein Großteil meiner Kunden bestand aus spießigen alten Männern, die sich über die Sprachsteuerung ihrer TV-Fernbedienungen wunderten.

Frank war in meinem Alter und ebenfalls in der Branche tätig. Er war ein Gamer. Na ja, er war ein Spiele-Entwickler. Shogun Games war mein bisher größter Kunde. Sie waren derzeit mein einziger Kunde, seit ich meinen Job kurz vor …

Ich schüttelte den Kopf. Ich wollte nicht über *früher* sprechen. So wie die Computer erfolgreich von 1999 auf 2000

umgestellt worden waren, hatte auch ich mich weiterent-
wickelt.

In diesem Jahr hatte ich eine Zeit lang kein Glück gehabt.
Arbeitslos. Kundenlos. Ohne Perspektiven. Bis zu dem Tag,
an dem ich einen Anruf von Shogun erhalten hatte, der sich
nach meinen Diensten erkundigt hatte.

Während unseres ersten virtuellen Treffens, als ich die
Dienstleistungen meines Unternehmens vorgestellt hatte,
hatte ich die Worte „Es gibt keinen Zwischenspeicher, wir
gehen direkt auf die Festplatte" gesagt, und Frank hatte mir
das Erste von vielen schiefen und verständnisvollen Lächeln
geschenkt. Seitdem war ich süchtig danach.

Trotz aller Anspielungen, die ich in Form von schlechten
Computerwitzen machte, hatte Frank mich nicht ein
einziges Mal angemacht. Das war sehr erfrischend. Ich freute
mich auf unsere wöchentlichen virtuellen Treffen, bei denen
ich seine Software bereinigte, auf Fehler testete und sein
Spielprogramm robuster machte.

„Wir haben ein paar Beschwerden via unseren Kunden-
dienst erhalten. Ich bin dankbar, dass ich meinen Kunden
jetzt werde sagen können, dass dieses Problem gelöst ist."

„Sie kümmern sich direkt um die Kundenbeschwerden?"

„Natürlich", erwiderte er. „Einen Kunden zu halten, erfor-
dert genauso viel Geschick wie einen zu gewinnen. Wahrscheinlich sogar mehr."

Der Mann machte mich sprachlos. Ich war eher daran
gewöhnt, dass Eigentümer – oder vielmehr Kunden – Forderungen stellten, denen ich nachkommen musste. Wie würde
es sich anfühlen, wenn sich jemand mit seinen Fähigkeiten
ausschließlich um meine Zufriedenheit kümmern würde?

„Ich kann Ihnen nicht genug für Ihre Hilfe danken, Ms.
Colton. Sie verhalten sich gegenüber Shogun Games wie
eine Superheldin."

„Nennen Sie mich bitte Josie. Und warten Sie nur, bis Sie

meine Rechnung erhalten. Dann werden Sie sich wie Thor verhalten."

Dieses Mal schnaubte Frank. Wie ein Steve Urkel schnaubte er, inklusive Keuchen. Wenn es aus dem lächelnden Mund von Frank Gunn kam, konnte ich nur mit den Zehen wackeln.

„Josie", sagte er, als er wieder zu Atem gekommen war. „Lassen Sie mich Sie als Dankeschön zum Mittagessen einladen."

Damit war der Hammer gefallen. Es war unvermeidlich gewesen. Ich hatte mein Glück mal wieder zu weit getrieben, war viel zu freundlich geworden und mich zu weit von meiner Professionalität entfernt. Ich hatte es nicht so mit männlichen Freunden.

Bis auf dieses eine Mal.

Dieses eine Mal, das mich in eine Frau verwandelt hatte, die ich kaum wiedererkannt hatte. Eine Frau, die sich damit begnügt hatte, zu Füßen eines Mannes zu sitzen, während er ihr den Kopf gestreichelt und sie mit Leckereien gefüttert hatte.

Ich berührte meinen Hals. Das Halsband war nicht mehr da. Ich hatte es zurückgelassen, als ich ihn vor langer Zeit verlassen hatte.

„Ich gehe nicht mit meinen Kunden aus", sagte ich zu Frank.

Franks Gesichtszüge verzogen sich, als ob ich in einem fremden Code gesprochen hätte. „Ausgehen?"

Hatte er keine Verabredung gemeint? Er hatte mich zum Mittagessen eingeladen, nicht zum Abendessen. Die meisten Männer, die mir an die Wäsche wollten, zogen es vor, mich nachts zu füttern, wenn meine Abwehrkräfte und mein gesunder Menschenverstand geschwächt waren.

„Ich meine, ich gehe nicht mit verheirateten Männern aus. Zumindest nicht ohne ihre Frauen."

Den letzten Teil hatte ich nicht sagen wollen. Frank sah aus wie ein Vanille-Typ. Bestimmt waren er und seine Frau sehr glücklich mit ihrem Missionarsstellung-Leben. Das war wahrscheinlich der Grund, warum er seine Stirn noch mehr runzelte.

Etwas blitzte jedoch in seinem Gesicht auf. Es war verschwunden, bevor ich es genau definieren konnte. Wenn ich ihm jedoch einen Namen hätte geben müssen, wäre es Schmerz gewesen. Oder vielleicht Schuldgefühle?

Ich mochte ein bisschen Schmerz bei meinem Vergnügen. Dahingehend durfte ich also nicht urteilen. Und mit Schuldgefühlen war ich sehr vertraut.

Frank tippte mit dem Daumen auf den Ring an seinem Finger, als ob er die Festigkeit des Metalls testen wollte. Warum wollte er mich zum Mittagessen einladen? Um die Grenzen seiner Ehe zu testen? Denn dazu war ich nicht bereit.

Zumindest nicht ohne die Zustimmung seiner Frau. Vielleicht? Möglicherweise? Wahrscheinlich?

„Ich verstehe", sagte Frank.

„Wirklich?"

Tat er das?

Bedeutete das, dass er mich zu einem perversen Dreier mit seiner Frau einladen wollte?

Wollte ich das?

Wollte ich Frank Gunn dabei zusehen, wie er langsam und verführerisch einen Stift nach dem anderen aus seiner Brusttasche entfernte?

Warum war es plötzlich so heiß hier drin?

„Sie sind eine vielbeschäftigte Frau", sagte Frank. „Sie haben wahrscheinlich keine Zeit für ein Mittagessen. Nicht bei all der Arbeit, die ich auf Sie und Ihre Mitarbeiter abwälze."

Genau. Meine Mitarbeiter. Der Grund, warum ich die

Videobox auf dem Bildschirm minimiert ließ. Damit keiner meiner Kunden – okay, Kunde im Singular – sehen konnte, dass die Colton Corp. im Wohnzimmer meiner winzigen Wohnung untergebracht war.

„Ich werde die Rechnung sofort an Ihre Buchhaltung senden."

Frank drehte sich zur Seite und zeigte mir sein Profil. Seine rechte Schulter zuckte, und ich hörte ein Tippen aus den Lautsprechern. Einen Augenblick später tauchte in meinem Posteingang eine Nachricht, gerichtet an billing@coltoncorp auf.

„Ich habe die Umfrage zum Kundenservice ausgefüllt und schicke sie auch ab."

Hatte er das? Niemand füllte die Umfragen zum Kundenservice aus. Nachdem er jedoch über die Wichtigkeit von Kundenzufriedenheit geschwärmt hatte, hätte ich mir denken sollen, dass er so etwas tat. Und tatsächlich, eine weitere Nachricht tauchte in meinem Posteingang auf. Diesmal adressiert an customerservice@coltoncorp.

„Das ist toll", sagte ich, während ich die E-Mails im entsprechenden Ordner ablegte, um sie später zu bearbeiten. „Ich werde sicherstellen, dass meine Leute sich darum kümmern."

Meine Leute waren ich. Ich würde das tun. Ich schnappte mir einen Stift und fügte diesen Punkt meiner langen To-Do-Liste auf einem Post-it-Zettel hinzu, da ich meinen Planer momentan nicht finden konnte.

„Gibt es sonst noch etwas, das Sie von mir benötigen, Josie?"

Die Frage erschreckte mich. Ich war es nicht gewohnt, dass sich mächtige Männer um meine Bedürfnisse scherten, es sei denn, sie stimmten mit ihren eigenen überein. Mein Mund funktionierte daraufhin nicht mehr richtig, also schüttelte ich lediglich den Kopf.

„Dann sehen wir uns am Wochenende", sagte Frank.

„An diesem Wochenende?"

„Auf der Gamer Con. Sie sagten, Sie würden jemanden aus ihrer technischen Abteilung hinschicken. Ich nehme an, Sie meinten wahrscheinlich, Sie würden einen Ihrer Praktikanten schicken."

„Nein, nein. Ich werde selbst da sein."

„Dann sehen wir uns dort." Frank schenkte mir noch ein Lächeln, bevor er die Verbindung des Videochats trennte.

Meine Gedanken verweilten bei diesem Lächeln. Es war nicht so innig gewesen wie die anderen, die er mir geschenkt hatte. Wahrscheinlich, weil ich seine Einladung zu einem Nicht-Date abgelehnt hatte. Oder vielleicht, weil ich ihn irgendwie zu einem Dreier mit seiner Frau eingeladen hatte? Keine Ahnung …

Da ich meine eigene Chefin, meine eigene Angestellter, meine eigene Personalabteilung und meine eigene Putzfrau war, beschloss ich, früher Feierabend zu machen. Ich war ein großer Fan von Selbstfürsorge. Aber meine Version von Selbstfürsorge bestand darin, Platz für mehr Produktivität zu schaffen.

Ich drückte eine Taste auf meinem Handy. Eine dreifache Textnachricht öffnete sich.

Drinks vor dem Spielen? tippte ich.

Die Antworten ließen nicht lange auf sich warten. Die Erste lautete: *Ich schicke gerade eine Überarbeitung meiner letzten Arbeit ab. Professor Sin ist so ein Arsch. Wir sehen uns dort.*

In der Zweiten stand: *Ich muss noch einen Bericht fertig schreiben. Zum zweiten Mal, weil mein Chef mich auf seinem Schreibtisch gefickt hat und wir ihn neu ausdrucken mussten. Wir sehen uns gleich.*

Ich liebte meine Mädels. Sie zogen mich nie wegen meines Daseins als Workaholic auf. Aber im Gegensatz zu mir hatten sie kein Problem damit, Geschäftliches mit

Vergnügen zu verbinden. Also würden wir ein paar Drinks zu uns nehmen und uns dann in die Privaträume des BDSM-Clubs der Stadt begeben. Denn nach dem Tag, den ich gerade hinter mir hatte, brauchte ich weiß Gott eine ordentliche Tracht Prügel.

2

Sex-Geräusche erfüllten die Luft. Nicht die *Ohs* und *Ahs* von gediegenem Schlafzimmer-Sex, sondern Grunzlaute, Stöhnen und Schreie von Sex auf dem Präsentierteller, für jeden sichtbar.

Nackte Körper, sowohl männliche als auch weibliche, lagen mit gespreizten Beinen auf einem Andreaskreuz. Das Summen der Vibratoren erinnerte an einen Schwarm hungriger Bienen, die es auf eine einzige, reife Blütenknospe abgesehen hatten. Die Frau, deren Knospe gerade von diesem Stachel gepikst wurde, schrie vor Lust, und ihr Körper zuckte aufgrund der Vibrationen.

Der Geruch von Sex und Alkohol drang in meine Nase. Der Anblick von Peitschen, Ketten und Seilen füllte mein Blickfeld aus. Ich war im siebten Himmel.

Genau genommen war ich im besten BDSM-Club der Stadt. Aber für mich war das gleichbedeutend mit dem siebten Himmel.

Ein paar Leute liefen nackt herum. Andere in Kostümen. Wieder andere trugen die aktuellen Designerlooks der New Yorker oder Pariser Fashion Week.

Es war ein bisschen wie „Come as you are". Sei, wer du wirklich bist. Du wirst in jedem Fall akzeptiert werden. Auch wenn du in einer schmutzigen Windel herumläufst. Oder auf allen Vieren herumkriechst, mit einem Pferdeschweif, der aus deinem Anus ragt, und Zügeln, die an Klammern an deinen Brustwarzen befestigt sind. Keiner fällt hier ein Urteil über dich.

Na gut, das stimmte nicht ganz. Ich urteilte schon ein bisschen. Der Typ, dem ein blonder Pferdeschweif aus dem Hintern ragte, war ein Rotschopf, und die Haarfarben passten definitiv nicht zusammen.

Meine Meinung spielte jedoch keine Rolle, sofern ich nicht ihre Spielgefährtin war. Es waren auch nicht die Furries oder die in Latex und Leder Gekleideten, über die ich die Nase rümpfte. Es waren die Paare.

Es war der Mann, der jeweils einen Arm besitzergreifend um zwei Frauen gelegt hatte, denen Diamantketten um den Hals hingen. Es war die Frau in der Ecke, die ihren Partner an einer echten Leine hielt, während er zufrieden zu ihren Füßen kniete. Ich hatte das Kinn nach oben gereckt, während ich auf sie herabblickte.

Nicht aufgrund ihrer Unterwerfung. Ich kannte das Glücksgefühl von sexueller Unterwerfung gegenüber einer anderen Person nur allzu gut. Es war der Zeitrahmen, der mir nicht gefiel.

Gebunden zu sein, das Eigentum einer anderen Person zu sein, war eine besondere Art von Monogamie. Sie war heiliger als die Ehe. Sie konnte länger andauern und drang tief in die Seele ein. Es heißt, dass eine Sub, die ihre Seele an einen Dom abgibt, ohne ihn nie wieder ganz sein kann. Dass ein kleiner Teil von ihm immer irgendwo in ihrem Inneren verbleibt.

Vermutlich war das totaler Blödsinn. Ich wusste auch gar nicht, wer das überhaupt gesagt hatte. Wahrscheinlich irgendein besitzergreifender Dom, der von seiner Sub die totale Unterwerfung gefordert hatte.

Eine Frau betrat den Club, Arm in Arm mit zwei Männern. Ihre Diamanten hingen nicht um ihren Hals. Sie befanden sich an ihrem Handgelenk. Sie trug eine teure Uhr, die mehr wert war, als ich in einem Jahr verdiente.

Die beiden Männer ihr trugen Anzüge und ähnlich teure Uhren. Einer war dunkelhaarig und hatte einen Dreitagebart. Der andere hatte weiße, flaumige Haare, die sein jugendliches Gesicht zu verhöhnen schienen. Als die Frau, die ebenfalls ein Business-Outfit trug, eingetreten war, wurde sie von einem dritten Mann umarmt. Dieser trug Jeans und sah aus, als wäre er einem GQ Magazin entsprungen.

Freude und Zufriedenheit spiegelten sich auf den Gesichtern der Männer, und sie sahen die Frau voller Bewunderung an. Sie wiederum schaute jeden nacheinander an, und Liebe leuchtete in ihren Augen. Dann drehte sie sich zu mir um.

Ich blinzelte. Dann musste ich meine Augen abschirmen, als sie auf mich zukam. Ich hatte Maree schon hundertmal gesagt, dass sie mich nicht mit ihrer Begeisterung angesichts ihrer festen Bindungen behelligen sollte.

„Du hast bei der Fusion der Washington Corp. hervorragende Arbeit geleistet", sagte der dunkelhaarige Geschäftsmann. Das war Paul Brooks, CEO der Brookings Corp. und Marees Chef. „Ich wollte dich erneut befördern, aber Kaiden hat etwas Besseres im Sinn."

Kaiden, das in Jeans gekleidete Model, das eigentlich gar kein Model war, denn ein Model müsste tatsächlich arbeiten, grinste Maree mit seinem Playboy-Grinsen an. „Wir haben etwas Besonderes für dich in unserem Zimmer geplant."

Maree drückte die Brust heraus. Das tat sie immer, wenn man ihr ein Kompliment bezüglich ihrer Intelligenz und ihres Geschäftssinns machte.

„Du hast 30 Minuten Zeit für deine Freundinnen", sagte der weißhaarige Mann. Das war Sam Kringle. Ja, *der* Kringle. Die weißen Haare wiesen ihn als Sprössling der bekannten Spielzeug-Dynastie aus. Allerdings hatte sich Sam von der Kinderabteilung des Familienunternehmens getrennt, um sich dem Spielzeug für Erwachsene zu widmen. „Dann komm und klopfe an unsere Tür."

Beide Männer küssten Maree innig und ließen sie auf dem Barhocker zurück. Kaiden zwinkerte mir zu, während er mit Paul und Sam davonging. Ich grinste zurück. Auch wenn er eine meiner besten Freundinnen am Haken hatte, mochte ich Kaiden.

Wenn man mich dazu bringen würde, drei Cosmos zu trinken, würde ich zugeben, dass ich Paul und Sam ebenfalls mochte. Sie machten Maree glücklicher, als ich sie je gesehen hatte. Was eigentlich nicht schwer war nach einem Jahr des unfreiwilligen Zölibats. Jetzt quoll ihr Becher über.

Oder besser gesagt, ihre Vagina. Maree vögelte nicht nur ihren Chef. Sie fickte auch den Chef ihres Chefs. Und den Geschäftspartner ihres Chefs. Sie war schon immer eine Streberin gewesen.

Maree sah den Männern nach und biss sich auf die Unterlippe, die ein wenig angeschwollen aussah. Als ob sie drei Männer geküsst hätte. Um ihren Kopf schwirrten tatsächlich kleine Vögelchen. Und Herzchen funkelten in ihren Augen. Ich lehnte mich zurück, damit diese schwülstigen Gefühle nicht auf meine Schuhe tropften. Ich trug alte Converse.

„Ist das zu fassen?" Eine Hand schlug auf die Bartheke zu meiner Rechten und riss mich aus meiner stillen Träumerei sowie Maree aus ihrer Glückseligkeit.

Unter der Hand befand sich ein Papier mit vielen Worten. Komplexen Worten, die mein Gehirn nicht auf den ersten

Blick erfassen konnte. Über diesen Worten stand der Buchstabe B in roter Schrift.

„Er hat mir ein B gegeben!", rief Kellie, schwang ihre Dreadlocks über die Schulter und nahm ihren Rainbow Brite-Rucksack ab. Sie ließ das bunte Ding mit einem dumpfen Schlag auf den Boden fallen.

Als ich den Rucksack zum ersten Mal auf dem Campus gesehen hatte, hatte ich gewusst, dass sie und ich Freundinnen werden würden. Jetzt wurde ich angesichts des zu Boden geworfenen regenbogenfarbenen Rucksacks nervös. Ich hoffte, dass da kein Computer drin war. Ich musste mich sehr beherrschen, um nicht den Reißverschluss zu öffnen, um sicherzugehen, dass bei diesem groben Wurf keine Technik zu Schaden gekommen war.

Aber in ihrem Rainbow Brite steckten wahrscheinlich kein Computer, sondern Notiz- und Lehrbücher. Kellie druckte ein Dokument lieber aus, als es in der Cloud zu speichern.

„Ich nehme an, wir reden von Professor Sinead?", sagte Maree. Aber ihr Blick war nicht auf Kellie gerichtet. Sie schaute in die Ferne, wohin ihre Männer verschwunden waren.

„Professor Sin hat gesagt, dass meine Arbeit keine ordentlichen Quellenangaben enthält", erwiderte Kellie. „Es waren alles Erfahrungen aus erster Hand, und ich weiß, dass er das nicht mag. Wenn nicht drei alte, weiße Männer übereinstimmen, dass es passiert ist, und es vor über zehn Jahren nicht niedergeschrieben und in einer wissenschaftlichen Fachzeitschrift veröffentlicht wurde, dann kann es in seinen Augen keine Tatsache sein."

Maree nickte, aber ihr Blick war immer noch auf die Tür gegenüber gerichtet. Sie warf auch einen verstohlenen Blick auf die Diamant-Rolex an ihrem Handgelenk, um zu prüfen, wie lange sie noch würde aushalten müssen, bevor sie zu den anderen gehen durfte.

Kellie zerknüllte das Papier in ihrer Hand. Dann glätte sie es wieder. Ihre Finger lagen über dem B, das oben hingekritzelt war.

Ich schaute die beiden verblüfft an. „Euch beiden ist schon klar, dass wir in einem Sexclub sind? Könnt ihr mal fünf Minuten aufhören, über die Arbeit zu reden? Um uns herum geht die Post ab!"

Beide sahen zu mir auf, als wären sie überrascht, mich dort sitzen zu sehen. Dann sahen sie einander an, als ob sie erst jetzt bemerkten, dass die jeweils andere da war. Schließlich richteten sie ihren Blick wieder auf mich, mit peinlich berührtem Gesichtsausdruck.

„Oh", machte Maree. „Natürlich."

„Wie war dein Tag, Jo?", fragte Kellie.

Ich öffnete den Mund. Dann schloss ich ihn sofort wieder, bevor ein einziges Wort über Frank Gunn fallen konnte.

„Wie bitte?" Kellie legte die Hand um ihre Ohrmuschel, als versuchte sie, mich aus der Ferne zu hören, obwohl sie direkt neben mir stand. „Hast du etwa gesagt, dass du genauso arbeitswütig bist wie wir beide?"

Sie grinste. Ebenso wie Maree, die obendrein mit den Augenbrauen wackelte, um das Gesagte zu bestätigen.

Meine Mädels kannten mich sehr gut. Und ich kannte sie auch. Wir alle arbeiteten hart. Aber wir spielten auch hart.

„Du hattest heute ein Meeting mit Shogun, nicht wahr?", fragte Kellie. „Sag uns, was er drinnen hatte … in seiner Brusttasche."

Wir drei brachen in Gelächter aus. Ich war es gewohnt, dass sie mich wegen meiner Stift-Obsession aufzogen. Aber im Ernst, es ging nichts über einen guten Kugelschreiber. Einen, der reibungslos schrieb. Ohne zu kratzen oder zu klecksen. Oder, schlimmer noch, einen, der sich verklemmte und nicht mehr schrieb.

„Ich glaube, einer könnte sogar ein Füllfederhalter gewesen sein", erwiderte ich.

„Oh. Mein. Gott", hauchte Maree, als hätte sie einen Orgasmus.

„Halt die Klappe!" Ich gab ihr einen spielerischen Klaps auf die Schulter. „Du stehst doch auf Tabellenkalkulationen."

„Hmm, das tue ich tatsächlich." Maree grinste und strich sich mit einer Hand über den Nacken, während sie sich mit der anderen Hand Luft zufächelte.

„Warum verlasst ihr beiden nicht die virtuelle Welt und trefft euch in der Echten?", fragte Kellie. „Oder nutzt zumindest eure Kameras und zieht euch voreinander aus."

Ich hatte meinen Mädels nicht erzählt, dass Frank verheiratet war. Er war eine unverfängliche Fantasie. Und völlig außerhalb meiner Reichweite. Allerdings konnte ich von ihm träumen, ohne mir Sorgen machen zu müssen, dass er mich an sich binden wollte.

Bei dem Gedanken an ein Halsband wanderte meine Hand zu meinem Hals. Ich spürte noch immer das drückende Gewicht der diamantenbesetzten Kette, die einst dort gehangen hatte. Selbst nach all dieser Zeit verfolgte mich ihr Gewicht noch immer.

Etwas kribbelte zwischen meinen Schulterblättern. Als würde ich beobachtet werden. Was nicht unwahrscheinlich war. Ich meine, wir waren schließlich in einem Sexclub.

Ich schaute über meine Schulter und erwartete schon, einen großen, breitschultrigen Mann zu sehen, der auf mich zukam. Ich schlug die Knie übereinander und bereitete meinen Körper darauf vor, sich zu unterwerfen. Aber das Einzige, was ich in dem dunklen Club sah, war das blonde Pferd, das von seinem rabenschwarzen Reiter mit einem lila Umschnall-Dildo bestiegen wurde.

„Schau nicht hin", sagte Kellie, „aber jetzt naht Übles."

Ich brauchte mich nicht umzudrehen, um zu wissen, wer den Club betreten hatte. Das Licht wurde heller. Die Schatten ordneten sich neu. Die Brustwarzen einer jeden Frau kribbelten.

Master Cornelius zog sich gerade den Mantel aus, als ich mich umdrehte und ihn anblickte. Er warf ihn sich über den Arm und lächelte dann die Garderobendame an, die das Kleidungsstück sofort entgegennahm. Sie neigte den Kopf und senkte den Blick wie eine brave, kleine Untergebene. Er schenkte ihr ein schiefes Grinsen und wandte sich dann ab. Dadurch bemerkte er nicht, wie sie beleidigt eine Schnute zog.

Er sah sich um, langsam und bedächtig. Zahlreiche Frauen starrten ihn an. Und auch ein paar Männer.

Er war Edward Cullen, der in Zeitlupe die Cafeteria betrat. Es war Mr. Darcy, der bei seinem Erscheinen den Ball zum Stillstand brachte. Es war Jake Ryan, der am Ende der Hochzeitsszene in *Sixteen Candles* auf Molly Ringwalds Samantha Baker zukam.

Master Cornelius hatte eine Schatulle dabei. Ich wusste, was in dieser Schatulle war: Farben und Pinsel sowie ein weiteres Werkzeug, mit dem er seine kunstvollen Muster anfertigte.

Ebenso wie die vielen Frauen, die ihn begafften, sowie mehr und mehr Männer, wollte ich seine Leinwand für dieses besondere Werkzeug sein. Da waren bereits zahlreiche nackte Körper, aus denen er würde wählen können. Ich war viel zu angezogen, um ganz oben auf der Liste zu stehen.

Sein Blick fiel auf mich. Mir stockte der Atem, als er auf mich zukam. Das teuflische Grinsen auf seinem Gesicht verriet mir, dass ich seine auserwählte Gespielin war.

3

Ich liebte die Machtverschiebung, wenn ich einwilligte, mich von einem Dom bis zur Besinnungslosigkeit auspeitschen zu lassen. Ich lag dann gehorsam auf einem Bett, auf einer Holzbank oder über seinen Knien und befolgte jeden seiner Befehle. Aber sobald ich die Schwelle des Privatzimmers wieder überschritten hatte, um in die echte Welt zurückzukehren, war das Spiel vorbei. Das war eine harte Grenze für mich.

Ich war eine moderne Frau. Ich war dabei, mein Unternehmen an die Spitze zu bringen. Auf meinem brettharten Bürostuhl an meiner Konsole war ich diejenige, die Befehle erteilte und Codes eintippte. Aber hier, im Club, hatte ich keinerlei Probleme damit, die Kontrolle abzugeben … für eine vorher festgelegte Zeit.

Viele Frauen möchten unterwürfig sein. Und ja, das schließt Feministinnen mit ein. Welcher erwachsenen Frau würde es nicht gefallen, wenn ein Mann über ihr stünde und ihren Körper in luftige Höhen brächte? Es war allerdings schwer, einen Mann zu finden, der wusste, was er tat.

Master Cornelius wusste, was er tat. Er war nicht nur

geschickt im Umgang mit Pinseln, er war auch ein Experte im Umgang mit einer Peitsche.

Das Spiel mit der Peitsche war mein Vergnügen – Prügel, Schläge, Hauen. Ich liebte die Hitze, die sich auf meiner Haut ausbreitete wie ein unkontrolliertes Virus. Es war das einzige Mal, dass ich meine Defensive fallen ließ und einem anderen erlaubte, das Steuer über mein Leben zu übernehmen.

Das Problem war nur, dass ich nach dem ganzen Spaß meine Selbständigkeit zurückhaben wollte. Einige Doms hatten Schwierigkeiten mit dieser Rückgabepolitik. Deshalb war ich bei Verhandlungen immer sehr klar und deutlich.

„Wie geht es dir heute Abend, Josephine?"

Master Cornelius trug ein weiches, fließendes Flanellhemd. Doch an ihm sah es aus wie ein Piratenhemd. Seine muskulöse, gebräunte Brust zeichnete sich durch den Stoff ab. Das Hemd hatte keine Brusttasche, also waren da keine Stifte. Stattdessen holte er einige Pinsel aus seinem Koffer und arrangierte sie auf einem Beistelltisch.

„Sehr gut, danke, Master Cornelius. Und Ihnen?"

„Ich hatte einen äußerst angenehmen Tag." Er drehte den Kopf nach links und rechts und ließ die Sehnen an seinem Hals knacken. Dabei wandte er den Blick jedoch nicht von mir ab, auch nicht, als er den Kopf nach hinten streckte. Dann sagte er: „Erzähl mir von deinem Tag, Josephine."

Master Cornelius ließ mich gerne warten. Am liebsten brachte er mich zum Reden, denn aus irgendeinem Grund hörte er gerne von meinen beruflichen Erfolgen.

„Ich musste den Code von jemandem bereinigen, der eine Schlangensprache verwendet. Ich bin ausgedienten Code losgeworden, bei dem ich jedoch stundenlang scrollen musste. Ich habe die XML-Dokumentation aktualisiert, die seit Monaten nicht mehr angefasst worden war. Dann habe ich unnötige Indentation Levels entfernt."

„Klingt, als wärst du ganz schön fleißig gewesen."

Er grinste, aber ich wusste, dass er nichts von dem, was ich gerade gesagt hatte, verstanden hatte. Wir sprachen komplett unterschiedliche Sprachen. Er war ein Künstler. Ich war eine Programmiererin. Dennoch verstanden wir uns auf einer gewissen Ebene.

Als Nächstes holte er das schönste Kunstwerk, das ich je gesehen hatte, aus seinem Koffer: seine Peitsche. Sie war regenbogenfarben. Der Griff enthielt alle Schattierungen des Farbspektrums. Ebenso die Riemen, deren Farben von einem frischen, dunklen Violett bis hin zu Blutrot reichten.

Ein Wimmern drang aus meinem Mund, als sie hin und her wogten, da Master Cornelius die Hand um den Griff dieses herrlichen Spielzeugs gelegt hatte und es hin und her schwang. Die Farben changierten: grün ging in Gelb über. Orange vermischte sich mit blau und zog sich dann wieder in geordneten Bahnen dahin. Ich konnte mich nur mit Mühe auf den Beinen halten. Am liebsten wäre ich auf die Knie gefallen und hätte mit dem Hintern in der Luft um Aufmerksamkeit gebettelt.

„Ich finde, du verdienst eine Belohnung. Was hättest du gerne, Josephine?"

„Dass Sie meine Haut rot pinseln, Sir."

„Mit diesen hier?"

Es dauerte einen Augenblick, bis ich merkte, dass er in der anderen Hand seine Pinsel hielt. Ich runzelte die Stirn, als hätte er mir eine Zitrone angeboten. „Nein, Sir. Mit Ihrer Peitsche, bitte."

„Wie möchtest du, dass ich deine Haut anmale, Josephine?" Er ließ die Quasten wieder schwingen, die Farben vermischten sich und fielen dann wieder in ihre ursprüngliche Ordnung zurück.

„Sowohl pochend als auch stechend, Sir."

Master Cornelius nickte. Das war es, was er von mir erwartet hatte, denn das sagte ich immer. Ich war die Art von

Frau, die in jedem Restaurant das Gleiche bestellt. Ich weiß, was ich mag. Ich muss keine neuen Dinge ausprobieren.

„Wo?", fragte er.

„Brüste. Hintern. Schenkel."

Er ließ die Riemen durch seine Finger gleiten. Ich sah zu, wie die einzelnen Farbschattierungen über seine Handfläche glitten, und verspürte einen heftigen Neid auf sämtliche Regenbögen.

„Sonst noch etwas, Josephine?"

„Mein Safeword ist *Nein*."

Diese Lektion hatte ich schon früh gelernt, als ich begonnen hatte, mich meinen perversen Neigungen hinzugeben. Wenn meinem Körper oder meiner Psyche etwas nicht gefiel, sagte mein Verstand Nein. Meine Spielpartner mussten das respektieren.

„Ich habe keine frischen Wunden oder sonstigen gesundheitlichen Probleme", fügte ich hinzu.

„Willst du mitkommen?", fragte er.

„Ja, bitte."

„Auf meiner Peitsche?" Mit einer schnellen Bewegung des Handgelenks schwang er das schöne Gerät.

Das Schnalzen der Riemen brachte mein Herz zum Rasen und meinen Kitzler zum Pochen. „Ja, Sir."

„Kann ich meine Hände benutzen?" Er schnippte mit dem Handgelenk, und die Riemen wickelten sich um seinen Unterarm und machten dabei ein dumpfes Geräusch.

„Ja, Sir."

„Meine Finger?" Er bewegte die Peitsche in die andere Richtung. Das Schnalzen der Riemen verursachte einen Windhauch, der meine Wange küsste.

„Ja", flüsterte ich und wurde immer ungeduldiger und erregter.

„Meinen Schwanz?"

Ich schluckte und kam wieder zu mir. „Nein."

Das Zischen der Riemen hörte auf. Ich hielt still, obwohl sich der Boden unter meinen Füßen wackelig anfühlte. Dies war eine weitere harte Grenze für mich.

Der Austausch von Körperflüssigkeiten veränderte in der Regel alles. Besonders bei Frauen. Ich würde Kellie bitten müssen, das im Rahmen ihrer Doktorarbeit über perverse Vorlieben zu untersuchen.

Ein Teil von mir wollte Ja sagen zu Master Cornelius. Ich hatte seit Monaten keinen Geschlechtsverkehr mehr gehabt. Nicht seit … *damals*.

Ich schüttelte mich. Allein bei dem Gedanken an *ihn* wurden meine Knie weich. Aber ich hatte mir geschworen, mich nie wieder für jemanden zu verbiegen. Ich würde mich nie wieder so verlieren.

„Wenn du das wünschst", lautete die Antwort von Master Cornelius. Das war stets seine Antwort auf meine Bedingungen. Er widersprach nie. Aber er würde mich dafür bezahlen lassen, wenn ich ihm nicht geben würde, was er wollte.

„30 Minuten", sagte er.

Nur 30? Ich wollte protestieren. Aber das war die Zeitspanne, die ich für alle meine Spiele festgelegt hatte. Das würde ausreichen müssen.

„Zieh dich aus, Josephine!"

Ich tat, was mir gesagt wurde.

„Beuge dich über die Bank."

Ich weiß, dass ich gerade gesagt hatte, dass ich mich nie wieder für einen Mann verbiegen würde. Das bezog sich aber nicht auf Männer mit einer Peitsche in der Hand, die genau wussten, wie sie diese zu führen hatten, sodass sich meine Zehen krümmten. Meine Brüste berührten das kühle Leder, als ich mich nach vorne beugte und mich den ausgehandelten Bedingungen und dem vereinbarten Zeitrahmen fügte.

„Spreize deine Beine!"

Ich tat, was mir gesagt wurde.

„Sollen wir anfangen?"

„Ja, Master Cor… Ahhhh!"

Beim ersten Stich der Riemen hatte ich bereits meinen Namen vergessen. Ich vergaß, dass dies nur vorübergehend war. Ich vergaß, dass ich eigentlich die Kontrolle über mein Leben innehatte. Stattdessen gab ich mich Master Cornelius hin. Absolut und vollkommen.

4

Es geht nichts über das Gefühl einer Lederpeitsche auf meiner Haut; das gehauchte Versprechen der Riemen, ein Stechen und Brennen darauf zu hinterlassen. Ich spreize meine Schenkel und lasse mich von der Peitsche dort küssen, wo ich so stark pulsiere, dass mir auch nur ein Schlag den Rest geben würde.

Master Cornelius neckte mich zunächst, indem er das Gerät in seinen Händen herumwirbelte. Sein Handgelenk rotierte, als wäre die Peitsche ein Nunchaku und er ein Kung-Fu-Meister. Die Luftströme, die die Quasten verursachten, reichten aus, um mich umzuhauen.

Das Werkzeug, das er benutzte, war nicht das Beste, das ich je gehabt hatte. Ich war ein Snob, was Peitschen betraf, denn ich kannte die besten Hersteller in diesem Bereich. Aber Master Cornelius war der beste Auspeitscher, mit dem ich je das Vergnügen gehabt hatte.

Ich hielt mich zurück, als die Riemen in meine Haut stachen. Ich brauchte diese Peitsche mehr als alles andere. Mein Gehirn lief immer auf Hochtouren, ähnlich wie das

Innenleben eines Computers. Ich war immer am Prozessieren. Immer auf der Suche nach mehr Input. Es brauchte einen Ruck in meinem System, um einen Neustart zu erzwingen. Ich litt unter einer kompletten Systemüberlastung, bei der meine einzige Rettung darin bestand, meine Hauptplatine – in meinem Fall mein Gehirn – abzuschalten, während meine Kupferleitungen durch einen Orgasmus versengt wurden.

Ein einzelner Lederstreifen von Master Cornelius' Peitsche löste sich und erwischte die Kante meines Oberschenkels. Es brannte nicht. Es hatte kaum ein Geräusch verursacht. Aber ich zuckte dennoch zusammen, begierig auf das wartend, was noch kommen würde.

Ich würde kommen. Ich war schon kurz davor, ohne dass er mich überhaupt geschlagen hatte.

Bei der ersten Berührung war ich völlig dahin gewesen. Ich dachte nicht mehr an Spesenabrechnungen, Codes oder die Flut von E-Mails an mein schnell wachsendes Ein-Frau-Unternehmen, die ich noch würde beantworten müssen.

Master Cornelius zog die Riemen an meinem Bein entlang. Jeder kroch wie ein Finger meinen Oberschenkel hinauf. Ich atmete bebend aus und ließ all meine Sorgen ziehen. Die Riemen der Peitsche glitten über meinen Hintern. Ich gab mich ihr hin, Stück für Stück.

Als Master Cornelius ein Zick-Zack-Muster an meinem Lendenbereich zeichnete, entwich alle Luft aus meinen Lungen. Die Riemen verließen meinen Körper. Sobald sie weg waren, wusste ich, dass sie einen Augenblick später zurückkehren würden. Ich spürte den Stich, bevor ich ihn hörte.

Schnalz!

Mein ganzer Körper zuckte zusammen, als würde der Schlag an meinem Kreuzbein zerren und mich wie einen

Drachen hochheben, der sofort von einer leichten Brise erfasst wurde. Ich sog geräuschvoll die Luft ein.

Er schlug mich erneut. Diesmal auf meine rechte Arschbacke. Ich verkrampfte mich.

Ich hatte erwartet, dass er auf die linke Arschbacke zielen würde. Master Cornelius tat jedoch nie das, was ich von ihm erwartete. Er schlug wieder auf die rechte Backe. Da ich auch diesmal auf die linke Seite gefasst gewesen war, wurde ich erneut überrumpelt.

Unvorbereitet war genau das, was ich sein wollte. Ich stöhnte mein Vergnügen laut heraus. Ich krümmte den Rücken und reckte flehend meinen Hintern nach oben.

Master Cornelius begann einen Rhythmus, aber es war ein Song, dessen Melodie nur er kannte. Ein sanftes Klopfen auf meinen Lendenbereich. Ein schnelles Klopfen auf meine linke Arschbacke, wo sich die Quastenenden wie Fingerspitzen anfühlten, die nach mir griffen. Ein dumpfer Schlag auf meine Oberschenkel – nur wenige Zentimeter von meiner Muschi entfernt –, der mich erzittern ließ.

Bei jedem Schlag verkrampfte ich mich, keuchte und stöhnte. Auch wenn die Wirkung auf meine Haut beschränkt war, zogen sich meine Innenwände bei jedem Schlag zusammen.

Master Cornelius begann, mit seinen Handgelenken Kreise zu ziehen, und ließ die Quasten in einer rhythmischen Bewegung auf mich einschlagen. Ich geriet in Trance, als sich mein Körper zu seiner Musik an- und wieder entspannte. Der Mann hätte Musiker werden sollen, kein Maler. Ein Blick über meine Schulter erinnerte mich daran, wer und was er eigentlich war.

Er war nicht nur ein Dom. Er war ein Künstler. Mein Hintern war seine Leinwand. Und ich war ein Meisterwerk aus roten Flecken.

Er schob die Quasten zwischen meine Schenkel. Sie kitzelten meine Klitoris. Ich versuchte, die Beine zusammenzupressen, um sie dort zu halten. Aber sie glitten weiter. Über den Eingang zu meiner Vagina. An meinem Damm vorbei. Zwischen meine Arschbacken.

Master Cornelius wiederholte das Ganze. Und dann noch einmal. Dann gab er mir einen Klaps mit den Quastenenden auf meine empfindlichste Stelle.

Ich war ein Häufchen Elend.

Meine Innenwände krampften sich zusammen, und mein Verstand hatte einen Kurzschluss. Ich wollte gefüllt, wollte gesättigt werden.

Als ich kam, setzte er seine Attacken fort. Er schlug immer wieder auf meine Beine. Meine Fersen hoben sich vom Boden, und Master Cornelius schlug auf meinen Spann.

Ich wusste nicht, dass das eine erogene Zone ist. Ich hatte keinen Fußfetisch, bis ich begonnen hatte, mit diesem Mann zu spielen.

Ich stand auf den Zehenspitzen, wippte vor und zurück und versuchte, den Bewegungen des Zauberstabs in seinen Händen zu folgen. Der Schlag mit der offenen Hand, den er mir auf den Hintern versetzte, befriedigte mich nicht. Ich wollte mehr.

Warum gab er mir nicht mehr?

Master Cornelius rieb mit dem Schaft der Peitsche über mein Bein. Mein Gehirn schrie, dass es genau das wollte. Ein schöner, dicker Schaft sollte in mir kommen.

Er fuhr damit über meinen Anus. Mein lange vernachlässigter Schließmuskel spannte sich an. Er ließ den Peitschengriff zu meinem weichen, feuchten Inneren gleiten. Meine Muschi heulte noch mehr, denn sie wollte unbedingt gefüllt werden.

Dem vernünftigen Teil von mir war klar, dass das nicht

passieren würde. Aber Master Cornelius wusste, dass ich es wollte. Ich könnte jetzt Ja sagen. Ich könnte ihm sagen, dass ich meine Meinung geändert hatte.

Das würde jedoch nicht funktionieren. Master Cornelius bewegte sich nie außerhalb der ausgehandelten Bedingungen. Wenn ich ihm nicht sagte, dass ich es wollte, bevor ich meine Autonomie aufgab, dann würde er es mir nicht geben. Egal, wie sehr wir beide bettelten.

Er war ein verdammter Heiliger.

Ich reckte ihm wieder meinen Hintern entgegen. Für dieses Entgegenkommen erhielt ich eine Ohrfeige, gefolgt von einem stechenden Tadel der Peitsche. Das schreckte mich nicht ab.

Master Cornelius trat mir auf den Fuß und befahl mir, die Beine weiter zu spreizen. Ich tat, wie mir befohlen wurde. Dann begann die eigentliche Folter.

Er schwang die Peitsche ganz sachte, und die Quasten streichelten meine Scham in einem sanften Rhythmus, wie bei einem Kinderlied.

Backe, backe Kuchen. Aber als wir zu dem Teil mit *Safran macht den Kuchen gehl* kamen, veränderte Master Cornelius seinen Griff am Knauf und schlug mir mit den Riemen auf den Anus.

Ehe ich mich versah, war ich wieder gekommen.

Master Cornelius schlug auf meine Arschbacken, dann zog er die Riemen zwischen diesen hindurch und schließlich über meinen Kitzler. Er wiederholte dies und ließ sich dabei Zeit, und meine Knie knickten ein.

Ich konnte kaum noch stehen. Aber ich riss mich zusammen, weil ich mehr wollte. Mehr vom Vergessen. Mehr vom Vergnügen. Mehr vom Beherrschtwerden. Und wieder einmal war ich kurz davor zu kommen.

Dieses Mal wusste ich, dass der Orgasmus mich umhauen

würde. Er würde mich in ein triefendes Häuflein Elend verwandeln. Wahrscheinlich würde ich mich umdrehen und mir seinen Schwanz in den Mund schieben, weil ich mich so sehr danach sehnte.

Dazu kam es jedoch nicht, denn Master Cornelius trat von mir weg.

5

Anstelle eines weiteren Schlags erlebte ich ein Vakuum. Ich öffnete die Augen und sah, wie die Riemen der Peitsche träge vor meinem Gesicht hin und her baumelten, anstatt auf meine Haut einzuschlagen. Ich machte große Augen, als Master Cornelius das göttliche Foltergerät hinter seinem Rücken verbarg.

„Aber … Aber ich war doch ein braves Mädchen!", protestierte ich.

Ich hob den Kopf von der Bank und zuckte zusammen, als meine Brustwarzen dessen weiches Leder berührten. Sie waren so hart, dass sie nur noch ein wenig Aufmerksamkeit gebraucht hätten, und ich wäre gekommen. Verdammt, jeder Teil meines Körpers brauchte nur einen weiteren Schlag von Master Cornelius, und ich würde eine Riesenpfütze auf dem Boden bilden.

„Deine Zeit ist abgelaufen, Josephine."

Unmöglich. Es waren doch noch keine 30 Minuten vergangen. Oder doch?

Ich schaute auf die Uhr an der Wand. Im schummrigen Licht des Clubs war zu sehen, dass der große Zeiger auf halb stand. Das bedeutete in der Tat, dass Master Cornelius' geschickte Hände mit mir fertig waren. Es sei denn …

„Es sei denn, du willst weiter verhandeln", sagte er grinsend.

Das Gesicht von Master Cornelius würde Luzifer vor Neid erblassen lassen. Seine Wangenknochen konnten mit den Gipfeln des Grand Canyon konkurrieren. Seine schwarzen Haare erinnerten mich an die Federn einer Krähe. Der Mann war Sex am Stiel. Besser noch, er war Sex mit einer Peitsche. Einer herrlichen Peitsche mit roten und schwarzen Riemen, die wie Flammen aussahen.

Der Deal, den er mir anbot, war ein Pakt mit dem Teufel. Der Mann wollte meine Seele. Ich erkannte das an der Beule in seiner Hosentasche.

Nein, das war nicht sein Schwanz. Natürlich war dieser hart. Es machte ihn an, meinen Körper mit Lederriemen zu markieren. Aufgrund des roten Musters auf meinem Rücken musste ich wie ein gefallener Engel mit roten Flügeln auf den Schulterblättern und entlang der Wirbelsäule aussehen.

Auch wenn sich also der Schwanz des Dämons vorne in seiner Hose wölbte, war da eine weitere Ausbuchtung an seiner Seite. Sie wurde noch deutlicher, als er sich hinter die Staffelei setzte. Das war ein Seelenfänger, besser bekannt als Halsband, mit dem ein Dom jemanden an sich band.

Master Cornelius und ich spielten bereits seit ein paar Monaten miteinander. Er war der längste Spielpartner, den ich je gehabt hatte, seit …

Ich schüttelte den Kopf, bevor ich mich in den Erinnerungen verlor. Ich musste aufhören, dieses Katz-und-Maus-Spiel mit Master Cornelius zu spielen. Wenn der Mann eine gewöhnliche Hauskatze wäre, könnte ich vielleicht entkommen. Aber Master Cornelius war ein Löwe.

„Willst du mehr … Zeit, Josephine?"

Mein schmerzender Kitzler schrie *Ja*. Meine gereizten

Brustwarzen flehten *Bitte*. Mein pochender Hintern, an dem die Riemen der Peitsche die meiste Zeit verbracht hatten, flehte mich an, den Forderungen dieses Mannes nachzugeben.

Ich drehte mich um und setzte mich auf. Es schmerzte, als mein Hintern das kühle Leder der Bank berührte. Mein Gehirn war immer noch mit dem Neustart beschäftigt. Aber meine ursprüngliche Programmiersprache war noch funktionsfähig.

Ich war ein Macintosh in einer PC-Welt. Ich teilte mein Betriebssystem nicht mit anderen. Ich war eine Spezialsoftware, die nicht mit irgendeinem alten Rechner kompatibel war. Und das Wichtigste: Im Gegensatz zu PCs, die ständig von Malware bedroht sind, war mein Sicherheitssystem 1A.

„Nein, danke, Sir. Ich brauche nichts.“

Master Cornelius widersprach nicht. Er warf mir nicht vor, dass ich nur geblufft hatte. Er nickte lediglich und steckte seine Peitsche weg.

Die Beule in seiner Tasche bewegte sich, grub sich tiefer in das Futter wie eine geduldige Schlange, die darauf wartet, bis der richtige Zeitpunkt zum Zuschlagen gekommen ist. Auch die Beule vorne in seiner Hose war immer noch deutlich zu sehen. Sie pulsierte vor Verlangen wie eine mächtige Python, die auf der Lauer liegt.

Als Antwort pulsierte wiederum meine Klitoris. Die beiden Geschlechtsorgane schienen über WLAN in einer Art Morsecode zu kommunizieren. Zu schade, dass die Menschen sich widersprüchliche Nachrichten schickten.

„Brauchst du noch etwas, Josephine?“ Master Cornelius’ Finger umfassten einen kleinen Pinsel, der aussah, als gehörte er einem Kind. Er malte damit zarte Linien und brachte die Umrisse einer Frau auf die Leinwand.

„Nein, danke, Sir. Ich brauche nichts.“

Die Worte waren auswendig gelernt. Oberflächlich. Ein

Teil der ursprünglichen Programmiersprache, die bereits vorinstalliert war. Ich erlaubte niemandem, mit dem ich spielte, sich im Nachgang um mich zu kümmern. Das war mir zu intim. Intimität war nicht das, was ich suchte, wenn ich in den Club ging.

Ich wollte nur spielen. Von einem Mann benutzt werden, der weiß, was er tut. Auf die Knie gehen, meinen Arsch heben und mich der Lust hingeben. Aber nur zu meinen Bedingungen. Wenn alles wieder vorbei ist, will ich die Autonomie, die ich freiwillig abgegeben hatte, wieder in Händen halten. Einige Doms hatten Probleme mit der Rückgabepolitik.

Master Cornelius war die schlimmste Art von Dom. Er stellte keine Forderungen. Er stellte keine Ultimaten. Er spielte einfach so gekonnt, so geschickt, dass eine Sub nicht mehr darum bat, ihre Eigenständigkeit zurückzubekommen, sondern alles in seine kundigen Hände gab.

Dieser Bastard.

Selbst jetzt hatte ich das Gefühl, dass ein Teil von mir zusammen mit seiner Peitsche in diesem Kasten verstaut worden war. Und egal, wie oft ich sie anflehte, sie solle sich gefälligst wieder mir widmen, sie tat es nicht. Wenn ich weiter mit diesem Mann spielte, würde ich noch mehr von mir verlieren.

Ich sollte das verhindern, indem ich mit jemand anderem spielte. Aber das hatte ich schon versucht. Es gab sonst niemanden im Club, der Master Cornelius' Fähigkeiten besaß. Und ich brauchte einen Mann mit seinen Talenten, der mir half, mich von meinem stressigen Berufs- und Privatleben außerhalb des Clubs zu erholen, und der mich im Club zum Kommen brachte. Er durfte mich einfach nur nicht an sich binden. Ich war nicht dazu geschaffen, einem Mann zu gehören.

Ich hatte es schon einmal versucht. Es war eine Katastrophe gewesen, die ich nicht wiederholen wollte. In dem Jahr seit diesem unerfreulichen Vorfall hatten zwei andere Doms versucht, mich an sich zu binden. Ich hatte höflich Nein gesagt. Als das nicht funktioniert hatte, war ich gezwungen gewesen, ein Safeword zu benutzen, und hatte nie wieder mit ihnen gespielt.

Das war ein großer Verlust gewesen. Ich wollte nicht aufhören, mit Master Cornelius zu spielen. Ich wollte nur nicht ihm gehören. Oder sonst jemandem.

Ich wünschte, ich könnte mit einem Schild herumlaufen, auf dem *Spiel mit mir, aber ich bin nicht dein Eigentum* stand. Aber das würde wahrscheinlich nicht zu meinen Outfits passen. Schade, dass ich nicht mit einem falschen Dom herumlaufen konnte.

Moment mal … Wer sagt, dass ich das nicht kann?

Mein Gehirn war immer noch mit dem Reboot beschäftigt. Nicht alle meine Systeme waren wieder online. Also ließ ich dem Gedanken inmitten meiner vorinstallierten Programmiersprache freien Lauf. Er war nicht wirklich ein Virus, weil er nicht versuchte, Schaden anzurichten.

„Wenn du mehr willst, Josephine, brauchst du nur zu fragen."

„Das kann ich nicht." Der Code breitete sich in meinen anderen Systemen aus und fügte sich in diese langjährigen Anwendungen ein.

„Du kannst nicht?", wiederholte Master Cornelius.

„Ich kann Ihnen nicht mehr von mir geben als das hier."

„Warum nicht?"

Der Code bahnte sich seinen Weg in meine interne CPU. Als ich schließlich wieder den Mund öffnete, wurde mir klar, dass es sich tatsächlich um ein Virus und nicht um einen fehlerhaften Code handelte, denn die Worte, die ich von mir gab, waren einfach nur verrückt.

„Weil ich bereits einen Dom habe."

6

Es gibt da etwas, das man Subraum nennt. Dieser ist genauso schön, wie sein Name klingt. Wenn ein Dom seinen Job richtig macht, schwebt seine Partnerin oder sein Partner schwerelos in dieser Nachwelt der Lust, in der alles perfekt ist. Es gibt keinerlei Sorgen. Der Subraum ist ein Ort, an dem jedes Bedürfnis befriedigt wird und eine Sub keine weiteren Wünsche mehr hat.

Mein Hintern brannte. Mein Kitzler war angeschwollen. Ich war unvorsichtig gewesen. Ein Virus hatte sich in meinem Gehirn eingenistet.

Das war der Grund, warum ich Master Cornelius gerade erzählt hatte, dass ich einen imaginären Dom hätte. Denn er hatte recht: Ich wollte mehr. Nur nicht alles.

Nur einen Teil.

Den Teil, in dem er mich auspeitschte, bis ich vor lauter Ekstase beinahe ohnmächtig wurde. Dann würde er mich ziehen lassen und mir außerhalb des Schlafzimmers – oder besser gesagt des Spielzimmers – keine Befehle mehr erteilen. Er würde sich nicht in mein Leben einmischen, auch nicht in mein Unternehmen, meine Essgewohnheiten oder meine Freundschaften. Und dann würden wir uns wieder treffen und das Spiel wiederholen.

Ich wollte eine Beziehung, an die keine Bedingungen geknüpft waren. Es sei denn, sie hingen mit dem Auspeitschen zusammen. War das wirklich zu viel verlangt?

Master Cornelius hob eine Augenbraue, als hätte er meine Gedanken gelesen. „Du erwartest von mir, dir zu glauben, dass du einen Dom hast, der dich ohne seine Erlaubnis mit anderen spielen lässt?"

„Ich habe seine Erlaubnis."

Toll! Das Virus hatte die Sprachsteuerung meines Gehirns übernommen. Ich musste alle Systeme herunterfahren und einen kalten Reboot durchführen. Aber mein Reset-Knopf funktionierte nicht. Mein An- und Ausschalter reagierte nur auf den Schlag einer Peitsche, eines Rohrstocks oder einer großen Hand.

Aber ich hatte leider Pech, denn Master Cornelius' Peitsche befand sich in seiner Tasche. Lediglich eine lilafarbene Quaste ragte heraus. Aber als Master Cornelius sich auf seinem Stuhl zur Seite drehte, um mir seine volle Aufmerksamkeit zu schenken, stieß er mit dem Fuß gegen die Tasche, und die Quaste rutschte wieder hinein.

Ich hatte es einmal mit Selbstgeißelung versucht. Mir selbst den Hintern versohlt. Mit einem Rohrstock auf die Innenseiten meiner Oberschenkel gehauen. Eine Geißel über meine Schulter geschlagen. Es hatte überhaupt nichts gebracht.

Ich brauchte einen Mann am anderen Ende des Geräts. Und zwar keinen mit schwachen Händen. Einen starken Dom, der sich den Scheiß nicht bieten lassen würde, mit dem ich ihn definitiv konfrontieren würde. Wie dieses Falscher-Dom-Virus, das mein perfekt funktionierendes – wenn auch zugegebenermaßen überlastetes – System zersetzt hatte.

Master Cornelius runzelte die Stirn und durchbohrte

mich mit seinen dunklen Augen. Ich stand nackt vor diesem Mann. Mein Hintern brannte. Mein Kitzler pochte. Die Spuren meines Verlangens nach ihm rannen an den Innenseiten meiner Schenkel hinunter.

Ich befand mich immer noch im imaginären Subraum, also öffnete ich den Mund und fuhr fort, ein Märchen zu erzählen: „Mein Dom mag es, wenn ich mit anderen Männern ins Bett gehe und dann zurückkomme und ihm davon erzähle."

„Welche anderen Männer?"

„Keine anderen Männer", antwortete ich wahrheitsgemäß, denn ich war immer noch nicht ganz im Lot. „Es gibt nur Sie."

Und darüber war ich ganz froh. Wenn er nur nicht versuchen würde, mich zu bedrängen. Oder mich zu besitzen.

Master Cornelius lehnte sich nach diesem Eingeständnis in seinem Stuhl zurück. Aber der besitzergreifende Gesichtsausdruck war zurückgekehrt.

„Und ihn. Ich meine, meinen Dom", stammelte ich und festigte so den Code meines neuen, Viren-verseuchten Programms. Er kreierte das Charakterprofil dieses falschen Doms. Sein Gesicht tauchte vor meinem geistigen Auge auf, mit hellblauen Iriden und grünen Rändern drum herum.

Master Cornelius schürzte die Lippen, als ob auch er den Anblick wahrnähme. Da er ein Künstler war, fragte ich mich, ob er diese beiden Farben in der Iris zu schätzen wüsste.

„Er hört gerne davon, wie viel Freude Sie mir bereiten", sagte mein Mund. Das Virus hatte mein Sprachprogramm vollständig übernommen. Alles, was ich tun konnte, war, dazustehen und der Geschichte zuzuhören, die es ausspuckte. „Es gefällt ihm, Ihre Entwürfe auf meinem Hintern zu sehen. Aber letztendlich hat er die Kontrolle über mich."

Denn ich war mein eigener Dom. Ich hatte die Herrschaft

über mein Leben inne. Ja, genau, es lebe der Feminismus! Wer sagte, dass ich einen bestimmten Lebensstil führen und ein Mann mich besitzen musste? Das hier war schließlich das 21. Jahrhundert. Ich wollte mich nicht von einem Mann besitzen lassen.

Dieses Virus tat, was ich nicht tun konnte. Es bescherte mir das Resultat, das ich wollte. Verdammt, das war kein Virus. Es war ein Upgrade.

„Warum hast du mir das nicht gesagt?"

Master Cornelius' leise gesprochene Worte waren ein ohrenbetäubender Plattenkratzer in meinem inneren Frauenpower-Monolog.

„Wir haben über das Spiel verhandelt, nicht über Besitztum", erwiderte ich.

Master Cornelius wandte sich wieder seiner Leinwand zu. Er zog ein paar Linien darüber. Auf die Umrisse der Kurven der Frau malte er rote Striche. Ich spürte jeden Pinselstreich, als die Borsten die Leinwand berührten. Von der blassen Röte, die er entlang des Brustkorbs malte, bis hin zu den rubinroten Mustern auf ihrem Hintern.

Ich schaute an mir herunter und merkte, dass ich immer noch nackt war. Vielleicht sollte ich mich besser anziehen. Ich blieb nie, um ihm beim Malen zuzusehen. Das war seine Art der Nachsorge. Genauso wenig wie ich es mochte, wenn sich jemand nach dem Spielen um mich kümmerte, wollte ich ihm seinen Freiraum lassen.

„Ich würde es verstehen, wenn Sie nicht mehr mit mir spielen wollen", sagte ich, während ich meine Jeans zuknöpfte. Mein Kitzler protestierte gegen den rauen Stoff, er wollte mehr von dem beißenden Vergnügen von vorhin.

Master Cornelius schaute mich nicht an, als ich mich wieder zu ihm umdrehte, mittlerweile in voller Montur. Seine Augen waren auf seine Leinwand gerichtet. Ein Blick auf seine Hose verriet mir, dass sein Schwanz immer noch hart war.

Ich wollte diesen Raum verlassen, ihn verlassen, ohne weitere Gelegenheiten, ihn zu sehen, zu berühren oder zu schmecken. Oder mich auf seinen Schwanz zu setzen.

„Wie heißt er?“, fragte Master Cornelius.

„Wer?“

„Dein Dom?“

Ich öffnete den Mund. Dann schloss ich ihn wieder. Ich hatte nicht vor, den Namen meines alten Doms auszusprechen. Ich war nicht neu in Hogwarts. Ich war seit dem ersten Harry-Potter-Band eine stolze Slytherin. Ich wusste, dass man den Namen desjenigen, der nicht genannt werden sollte, nicht laut aussprechen durfte. Ich wusste, dass ich *Beetlejuice* nicht zweimal sagen durfte. Und auch nicht in einen Spiegel schauen und *Candyman* sagen.

Wenn ich den Namen meines alten Doms nennen würde, würde er auf einmal vor meiner Tür stehen. Das war natürlich eine lächerliche Befürchtung. Aber sie fühlte sich wahr an. Also nannte ich einen anderen Namen.

Frank war der Name, der aus meinem Mund kam.

„Ist Frank hier im Club?“

Darüber musste ich lachen. Allein der Gedanke, dass Frank Gunn hier in einem Sexclub sein könnte … Dieser Gedanke war … Na ja, er war irgendwie erregend. Seine Brille würde beschlagen. Die Tinte seiner Füllfederhalter würde auslaufen. Aber das Etui, in dem sie steckten, würde die Brusttasche seines Hemdes vor Flecken bewahren.

„Nein, Frank ist bei der Arbeit.“

„Und du spielst nicht mit jemand anderem?“

„Nein, nur mit Ihnen.“

Master Cornelius sah mich mit zusammengekniffenen Augen an, als hätte er mich bei einer Lüge ertappt. Aber die letzten beiden Aussagen stimmten. Dann erkannte ich meinen Irrtum.

„Und ihm", korrigierte ich mich. „Ich spiele mit Frank." Was in gewisser Weise auch stimmte. Ich scherzte mit Frank. Ich spielte sogar sein Videospiel, um das Ding auf Bugs zu testen. „Nur Sie und Frank. Sofern Sie immer noch wollen …"

Master Cornelius betrachtete mich ein paar Sekunden lang stumm. Dann wandte er sich wieder seiner Leinwand zu und sagte: „Ich hoffe, Frank gefallen meine Entwürfe von heute Abend."

Ich fragte mich, ob das der Fall sein würde. Ich würde sie ihm gerne zeigen. Die weiblichen Charaktere in seinem Spiel bekamen in den Kampfszenen blaue Flecken. Vielleicht würde Frank das Werk, das Master Cornelius auf meinen Körper gezeichnet hatte, gefallen. Also zumindest zu Forschungszwecken.

„Wir sehen uns nächste Woche, Josephine!"

„Ja?", fragte ich atemlos und voller Hoffnung, Überraschung und Verlangen.

Master Cornelius hob den Kopf. Er sah mich lächelnd an. In diesem Lächeln lag kein Sarkasmus. Es war todernst.

Allerdings enthielt es einen Hauch von *Ich weiß sehr wohl, was du hier spielst.* Ich ließ das durchgehen. Denn er wollte immer noch mit mir spielen!

Wer sagt denn, dass ein Virus etwas Schlechtes ist? Das Virus, das sich meiner bemächtigt hatte, war nicht darauf programmiert, Schaden anzurichten. Es war ein Verschlüsselungsvirus, das sich ausbreitete, um die Dateien in meiner CPU zu schützen. Mein gesamtes System wurde dadurch stärker. Nachdem der Neustart abgeschlossen war, drehte ich mich um und ging zur Tür hinaus. Dabei kam ich mir vor wie eine Version 2.0 meiner selbst.

7

Der Sonntag war mir heilig. Dies war der einzige Tag, an dem ich nicht arbeitete … zumindest nicht viel. An diesem speziellen Sonntag wollte ich mir etwas Gutes tun.

Ich hatte vor, den Tag mit Zocken zu verbringen und mich in *World of Warcraft* zu verlieren. Schließlich mussten Monster besiegt und Abenteuer bestanden werden. Aber im Gegensatz zu den meisten anderen Spielern dieses Multiplayer-Spiels wollte ich die Welt von Azeroth allein verteidigen.

Ja gut, ich würde wahrscheinlich weiter kommen, wenn ich mich mit einem Partner zusammentun oder einer Allianz beitreten würde. Aber dann wäre ich von irgendeinem Nerd, der noch bei seinen Eltern wohnt, abhängig, während mir eine Horde Monster im Nacken sitzt. Nein, danke. Das konnte ich allein regeln.

Ich hatte gerade mein Handy angemacht und scrollte durch die Essenslieferdienste, als es vor lauter verpasster Nachrichten vibrierte. Und dann klingelte es sogar. Normalerweise rief mich nie jemand an einem Sonntag an, schon gar nicht auf meinem Diensthandy.

Ich schaute auf das Display und wollte das Gerät gerade ausschalten, da erstarrte mein Daumen. Es war Frank Gunn. Die Nachricht auf dem Bildschirm lautete *Notfall*.

Was für einen Notfall konnte er an einem Wochenende haben?

Ich atmete stoßweise und bekam dadurch nicht genug Luft in meine Lungen. Dann kniff ich die Augen zusammen, öffnete sie wieder und starrte auf die Nachricht und das Datum darüber.

Es war *das* Wochenende. Shogun Games hatte an diesem Wochenende einen Stand auf der Gamer Convention. Colton Corp. hätte technischen Support hinschicken sollen. Gestern war niemand hingegangen, weil die einzige Person, die hätte kommen können, den ganzen Tag und bis in die Nacht hinein mit Verwaltungsarbeit beschäftigt gewesen war. Jetzt waren 24 Stunden vergangen, und mein größter Kunde – na gut, mein einziger Kunde – hatte das gesamte Wochenende ohne meine Hilfe auskommen müssen.

Ich würde definitiv gefeuert werden. Das konnte ich nicht mehr abwenden. Ich zog mich rasch an und checkte währenddessen meine E-Mails – auch auf diesem Wege hatte mich Shogun Games erfolglos zu erreichen versucht. Der Praktikanten-Alias, den ich eingerichtet hatte, leitete Mails noch nicht an meine Hauptadresse weiter, weil ich das wahrscheinlich nur auf einen Post-It-Zettel geschrieben hatte, der unter einem Berg von anderen Zetteln begraben war.

Doppelte Scheiße! Hoffentlich könnte ich das in Ordnung bringen. Ich sprang in mein Auto und raste durch die Stadt zum Convention Center.

Das gebührenpflichtige Parkhaus vier Blocks vom Veranstaltungsort entfernt war meine erste Strafe. Was der Parkwächter für das Privileg verlangte, auf mein Auto aufzupassen, war die reinste Abzocke. Es wäre billiger gewesen, auf dem Highway zu parken und zu Fuß zu gehen.

Ich rannte zum Convention Center. Meine Converse klatschten auf den Asphalt, als ich mich an einer Kreuzung zwischen langsam fahrenden Fahrzeugen hindurchschlängelte. Endlich erreichte ich den Eingang. Ich zeigte meinen Ausweis und bahnte mir dann einen Weg durch die Veranstaltungshalle.

Shogun war leicht zu finden, denn an ihrem Stand hingen Plakate mit den Superhelden und Superheldinnen ihres bekanntesten Spiels. Wie immer waren die Männer vollständig bekleidet, die Frauen jedoch halbnackt. Aber nicht aus diesem Grund war ich fasziniert von ihnen.

Bei den Shogun-Heldinnen musste ich deshalb zweimal hinschauen, weil sie Narben hatten, die aussahen wie Kunstwerke. Und das für jemanden, für den der Kunstunterricht eine Strafe gewesen war.

Die Male auf den Hintern, Beinen und Rücken der weiblichen Figuren waren nicht abschreckend. Sie sahen aus wie zarte Liebkosungen. Unabhängig von der Hautfarbe der jeweiligen Kriegerin wirkten die roten Wunden wie Ehrenabzeichen oder Respektbekundungen.

Die männlichen Avatare hatten keine Narben, zumindest keine, die man aufgrund ihrer Kleidung sehen konnte. Die Kriegsnarben veranlassten viele Spieler dazu, einen weiblichen Avatar auszuwählen. In zahlreichen Online-Foren tauschten sie sich darüber aus, wie man die schönsten Narben bekommen konnte.

„Sie sind da!"

Ich wirbelte herum und sah Frank Gunn vor mir stehen. Es war das erste Mal, dass ich ihm von Angesicht zu Angesicht begegnete. Das von der Webkamera vermittelte Bild wurde dem echten Mann nicht gerecht.

Seine Brust war breiter, als es die Kamera vermuten ließ,

das Blau seiner Augen heller und sein Lächeln weicher. Und dann waren da noch die Stifte in seiner Hemdtasche. Er strich über die Kappe eines Füllfederhalters, und meine Klitoris erbebte.

„Ja, ich bin gekommen."

„Gut, dass Sie da sind, Josie. Ich hätte mich nicht direkt an Sie gewandt, aber ich brauche wirklich Ihre Unterstützung für meine Kunden."

Frank streckte die Hand aus. Nicht, um meine zu schütteln. Er wollte mich zur Seite schieben, als eine Gruppe von als Super Mario Brothers verkleideter Figuren, darunter eine Prinzessin Peach und ein paar Koopa Troopas, durch den Gang stürmten. Ich stolperte ein wenig, als ich bemerkte, dass es seine linke Hand war, mit der Frank mich führte. Und an dieser linken Hand fehlte auffälligerweise der goldene Ring.

Ich fragte mich, ob ich ihn mir vorher nur eingebildet hatte, aber ein schwacher Abdruck war noch erkennbar. Wo also war sein Ehering? Hatte er ihn abgenommen, um bei dieser Konferenz jemanden aufzureißen?

Als ich in seine unschuldigen blauen Augen blickte, wusste ich, dass das nicht der Grund gewesen sein konnte. Ein Teil von mir wollte sich nach Franks Frau erkundigen, aber das ging mich nichts an. Ich hatte weitaus dringlichere Fragen zu klären.

„Es tut mir sehr leid, dass mein Praktikant gestern nicht gekommen ist", sagte ich. „Am Montagmorgen wird er entlassen."

Ein leichtes Unterfangen, denn diese Person existierte nicht. Genau wie der falsche Dom, den ich erfunden hatte und der seinen Namen trug.

„Nein, nein", protestierte der echte Frank. „Schmeißen Sie ihn nicht raus! Wir waren alle mal Praktikanten. Außerdem bezweifle ich, dass er gewusst hätte, wie man dieses Problem lösen kann."

Wie auf Kommando hörte man auf einmal ein allgemeines Stöhnen. Mehrere Spieler saßen mit ihren Laptops um einen Tresen herum. Sie hatten ihre Geräte an Bildschirme angeschlossen, die nun einer nach dem anderen ausfielen. Die Gamer wollten sie wieder einschalten, aber sobald das Shogun-Logo erschienen war, flackerten die Bildschirme auf und wurden schwarz.

„Könnte ein Wurm sein", überlegte ich laut, als ich zu einer der Konsolen ging. Ich setzte mich und machte mich an die Arbeit. „Können die User beim Spielen etwas aus dem Internet herunterladen?"

„Nein", erwiderte Frank. „Diese Computer wurden von der Convention zur Verfügung gestellt. Wir haben unsere Software von unserem Cloud-Laufwerk darauf heruntergeladen."

Ich tippte ein paar Befehle ein, bis ich zu dem besagten Cloud-Laufwerk gelangte. Mein Verdacht bestätigte sich. „Da kommt das Virus her, aus der Cloud. Jemand hat es wahrscheinlich dorthin hochgeladen. Wahrscheinlich über eine harmlos wirkende E-Mail. Viele Viren schleichen sich über eine E-Mail in Systeme ein, wie ein fieser Kettenbrief."

Ich brauchte weniger als fünf Minuten, um den Wurm in der Cloud ausfindig zu machen und zu schrumpfen. In einer weiteren Viertelstunde hatte ich ihn von den übrigen Konsolen entfernt. In weniger als 20 Minuten saßen die Spieler wieder auf ihren Plätzen und lenkten ihre weiblichen Avatare mit den roten Kriegsnarben.

„Da haben Sie Ihr Happy End", sagte ich und trat wieder neben Frank.

„Ist das alles, was Sie können?" Frank runzelte die Stirn, aber in seinem Blick lag Belustigung. „Das war eher etwas à la *als Erstes machst du mich an.*"

Ich musste so plötzlich und so laut loslachen, dass es wie ein Schnauben klang. Frank lachte ebenfalls, und auch sein Lachen wurde zu einem Schnauben. Wir mussten aussehen wie zwei völlige Idioten. Aber weder ihm noch mir schien es etwas auszumachen, dass wir uns zwei Irre kaputtlachten.

„Josie, ich würde mich freuen, wenn Sie mein Angebot annehmen und mir erlauben, Sie zum Mittagessen einzuladen. Das ist das Mindeste, was ich tun kann, nachdem Sie mich gerettet haben."

„Ich habe nur meinen Job gemacht." Ich schüttelte den Kopf. „Außerdem bin ich mir sicher, dass Ihre Frau lieber mit Ihnen essen gehen würde."

„Meine …" Frank blinzelte. Dann sah er auf seine linke Hand hinunter, seine ringfreie linke Hand. Er strich mit dem Daumen über den dortigen Abdruck. „Ich habe keine Frau. Ich meine, ich hatte eine Frau. Aber ich habe keine mehr."

„Sie haben sich dieses Wochenende scheiden lassen?"

„Nein!" Auf seinem Gesicht lag ein erschrockener Ausdruck. Nach einer Weile fügte er hinzu: „Sie ist gestorben."

„Oh mein Gott, Frank, das tut mir so leid! Das wusste ich nicht."

„Nein." Er schenkte mir ein trauriges Lächeln. „Das konnten Sie ja nicht wissen. Sie sind einer der wenigen Menschen, mit denen ich zusammenarbeite und die es nicht wissen. Sie behandeln mich nicht, als wäre ich ein fragiles Etwas und würde bei ihrer bloßen Erwähnung zusammenbrechen."

Wir sahen einander an. Mir fehlten selten die Worte. Er schien sich trotz der Stille wohl zu fühlen.

„Ich weiß nicht, was ich sagen soll", entgegnete ich schließlich. „Das hat alles nichts mit PCs zu tun."

Frank grinste.

„Entschuldigung, das war unangebracht. Manchmal sage

ich unangebrachte Dinge, wenn mir die Worte fehlen. Was selten vorkommt. Dass ich um Worte verlegen bin, meine ich."

„Das war völlig unangebracht.", sagte Frank trocken, aber er grinste dabei. „Jetzt, wo Sie ein schlechtes Gewissen haben, müssen Sie mir erlauben, Sie zum Mittagessen auszuführen. Sie können doch nicht Nein zu einem fettigen Gourmet-Essen sagen."

Da war dieses Leuchten in seinen Augen, das sie noch strahlender aussehen ließ. Ich wollte mich vorbeugen und mich davon bescheinen lassen.

„Nicht als Verabredung", fügte Frank hastig hinzu. Er wedelte mit der linken Hand, als wollte er jedweden diesbezüglichen Gedanken abwehren.

„Nein", stimmte ich zu, aber ich biss mir dabei auf die Lippe. „Natürlich nicht. Wir haben dieses ganze Kunde-Dienstleister-Ding am Laufen. Das wäre ein Albtraum für die Personalabteilung. Obwohl – meine Freundin Maree ist mit zwei ihrer Chefs zusammen, und das funktioniert wirklich gut."

„Ich bin nicht Ihr Chef, Josie, ich bin Ihr Kunde. Zwischen uns existiert lediglich eine temporäre Hierarchie. Ich hatte gehofft, dass wir vielleicht Freunde werden können …"

Eine Freundschaft? Mit einem Mann? Es war lange her, dass ich einen männlichen Freund gehabt hatte, also einen, mit dem ich nicht geschlafen hatte.

„Es fühlt sich wirklich gut an, in Ihrer Nähe zu sein", gestand Frank. „Seit langer Zeit hat mich niemand mehr zum Lachen gebracht."

„Sie mögen mich also nur wegen meiner schlechten Witze."

„Ganz genau. Und ich mache Ihnen ein Angebot für hohe Cholesterinwerte."

„Klingt wie die perfekte Verbindung."

Frank reichte mir die Hand, um sie zu schütteln. Es war seine rechte Hand, nicht die Linke. Ich ergriff sie, und wie in den Liebesromanen flogen die Funken.

Ich wusste, dass er es ebenfalls spürte. Ich konnte es an der Art sehen, wie sein Adamsapfel wippte. An der Art, wie seine blauen Augen aufblitzten.

Ich hätte eigentlich Angst bekommen sollen. Auch wenn wir das Ganze als Freundschaft bezeichnet hatten, war mir Frank Gunn unter die Haut gegangen. Aber Frank versuchte nicht, mich zu besitzen. Er wollte nur mit mir befreundet sein.

Eine Freundschaft wäre okay. Vielleicht. Wahrscheinlich. Möglicherweise.

Frank hielt immer noch meine Hand in seiner, und keiner von uns wollte loslassen. Noch während ich von Franks Berührung gefangen war, spürte ich, wie sich eine starke Energie hinter mir ausbreitete.

Zuerst setzte mein Herz einen Schlag aus. War es der, dessen Namen ich nicht laut aussprechen wollte? Conventions waren sein Ding. Dort erhielt er die meisten seiner Kunden. Gamer waren ein perverser Haufen, der in Scharen zu ihm rannte.

Als ich über meine Schulter blickte, kam eine dunkle Gestalt auf uns zu. Es war nicht mein ehemaliger Dom. Es war Master Cornelius.

Master Cornelius' fester Blick fiel auf mich und Frank, die wir dicht beieinanderstanden und sich an den Händen hielten. Er hob fragend eine Augenbraue. Diese hochgezogene Braue wollte wissen, was los war. Das Grinsen auf seinem Gesicht ließ darauf schließen, dass er es auf die eine oder andere Weise ohnehin herausfinden würde. Denn er war in jeder Hinsicht ein echter Dominus.

Da stand ich nun, ganz nah bei einem Mann. Einem

Mann namens Frank. Und der Dom, mit dem ich spielen wollte, kam auf uns zu.

„Sie müssen mir einen Gefallen tun", sagte ich zu Frank, ohne meinen Blick von dem herannahenden Sturm abzuwenden.

„Natürlich", erwiderte Frank. „Was immer Sie wollen."

„Es ist ein ziemlich großer Gefallen gemessen an der Tatsache, dass wir nur frisch gebackene Freunde sind."

„Wenn es in meiner Macht steht, Josie, werde ich es für Sie tun."

Dann drehte ich mich wieder zu Frank um. Das Lächeln, das er mir schenkte, besiegelte den Deal. Ohne ihm eine Vorwarnung zu geben, schlang ich die Arme um seinen Hals und presste meine Lippen auf seine, als Master Cornelius hinter ihm auftauchte.

8

Die Geräusche von Gewehrschüssen und Kugeln, die durch Wände schossen, hallte in meinen Ohren wider. Außerdem von Zauberern und Feen herbeigeführte Explosionen. Und die Kampfgeräusche von taffen Frauen, die fiesen Gnomen in den Hintern traten. Ich blendete den ohrenbetäubenden Lärm aus dem Videospiel jedoch nicht aus. Dieser Soundtrack passte zu Franks und meinem Kuss.

Ich fühlte mich, als wäre ich in die Welt seiner Spiele hineingezogen worden. Aber in Franks Welt waren die Frauen keine zarten Jungfern. Sie waren Kriegerinnen und den Männern ebenbürtig. Spärlich bekleidete Kriegerinnen, die Schläge einstecken, die daraus entstandenen Narben in Accessoires verwandeln und sich mit einem nach Orgasmus klingenden Kampfschrei und Stöhnen wieder ins Getümmel stürzen konnten.

Oder … Moment mal. War ich das?

Ja, das war mein Stöhnen in Franks Mund, als ich die Lippen öffnete. Ich hatte ihm nur einen kurzen, aber dennoch überzeugend wirkenden Kuss geben wollen. Aber dieser Kuss wurde von Sekunde zu Sekunde leidenschaftlicher.

Wie viele Sekunden waren überhaupt vergangen? Oder waren es sogar schon Minuten? Stunden?

Ich hatte in meinem Leben viele Männer geküsst. Auch ein paar Frauen. Bei diesem Kuss war nicht einmal die Zunge im Spiel. Aber aus irgendeinem Grund konnte ich nicht damit aufhören.

Als meine Knie weich wurden, legte Frank die Arme um mich. Sein Körper presste sich an meinen. Von den Spitzen meiner Converse über meine Kniescheiben, von unseren Gürtelschnallen bis hin zu unseren Nasen, als wir unsere Köpfe in entgegengesetzte Richtungen neigten, passten wir perfekt zueinander.

Frank öffnete die Lippen, und ich verlor die Kontrolle über den Kuss. Ich weiß nicht, ob Frank die Führung innehatte oder ich. Ich glaube, es war der Kuss selbst.

Er umfasste meine Oberlippe, den inneren Teil meiner Unterlippe und verhedderte sich dann mit meiner Zunge. Frank schmeckte bittersüß, nach starkem Espresso mit mindestens drei Stück Zucker, vielleicht auch mehr. Und Milch. Oh, der cremige Teil von ihm war das Beste.

Er war überrascht gewesen, als meine Lippen seine berührt hatten. Der Schreck hatte jedoch nur den Bruchteil einer Sekunde gedauert, bevor Frank meinen Kuss erwidert hatte. Was mich am meisten überraschte, war, dass er nicht versuchte, das Kommando zu übernehmen. Er ließ mich einfach tun, was ich wollte.

Ich knabberte an seiner Oberlippe, an der Stelle, an der sie den Buchstaben M bildet. Dann saugte ich an seiner Unterlippe, an der weichsten, köstlichsten Stelle seines schönen Mundes. Dann fuhr ich mit den Zähnen an seinem Mundwinkel entlang. Ich saugte an seiner Zunge. Ich zog ihn näher an mich heran, damit ich ihn besser schmecken konnte.

Bei diesem Kuss hatte ich die Kontrolle inne. Ich war die Heldin in diesem Abenteuer und er mein Adjutant. Und was für Geschütze er auffahren konnte!

Neben uns räusperte sich jemand. Das Räuspern war lauter als die Schüsse, Explosionen und Kampfschreie des Spiels. Es nervte mich, und ich beschloss, es zu ignorieren.

Frank jedoch wich zurück. Aber er sah mich weiterhin an und ließ mich nicht los.

„Hallo, Frank."

Master Cornelius' Stimme zog mich aus Fantasiewelt des Spiels heraus und brachte mich wieder ins Hier und Jetzt. Sie erinnerte mich auch daran, warum ich Frank geküsst hatte. Frank, meinen falschen Dom.

„Hey, Neal. Du bist spät dran."

Sie kannten sich. Der Dom, den ich mir vom Leib halten wollte, und der Dom, den ich erfunden hatte, kannten sich im echten Leben. Na toll.

„Hallo, Josephine."

„Mas … Ähm, hi. Hallo."

Erste Regel des Kink Clubs? Sprich außerhalb des Kink Clubs niemals über den Kink Club. Ich hatte nicht die Erlaubnis, Master Cornelius bei seinem Vornamen zu nennen.

„Kennt ihr euch?", fragte Frank.

„Ich dachte, du hättest ihm von mir erzählt", sagte Master Cornelius.

„Ich habe Ihren Namen nicht benutzt", erwiderte ich.

Franks Hand lag noch immer auf meiner Hüfte. Gott sei Dank. Er war in diesem Moment mein Anker, während ich mich dem Sturm stellte, der sich in Master Cornelius' dunklen Augen zusammenbraute. Aber Frank war auch ein

Trost, ein warmes, kuscheliges Kissen, das ich noch nicht loslassen wollte, um mich dem Tag zu stellen.

Master Cornelius' Blick richtete sich wieder auf Frank. „Ich wusste nicht, dass du wieder Teil der Szene bist."

Erkenntnis blitzte in Franks Augen auf, und er wandte sich mir zu. Er hatte noch nicht begonnen, die Puzzleteile zusammenzufügen. Wahrscheinlich, weil der Kuss auch seine Synapsen ein wenig durchgeschmort hatte. Aber jetzt dämmerte ihm langsam, wie wir drei miteinander verbunden waren.

Und mir auch. Frank war in der Szene gewesen? *Der* Szene, also der BDSM-Szene?

„Erst seit Kurzem wieder", erwiderte er.

„Jetzt ergibt vieles Sinn", sagte Master Cornelius und sah mich an.

„Hmmm", war Franks unverbindliche Reaktion.

Ich hatte keine Ahnung, was hier nicht gesagt wurde. Die beiden kannten einander von früher? Und Frank war damals in der Szene gewesen? War er ein Dom? Das war doch unmöglich. Mein Dom-Radar funktionierte einwandfrei und hätte ausgeschlagen.

Er grinste nicht frech, prahlte nicht, war stets höflich und zuvorkommend.

„Jetzt, wo ich weiß, dass du es bist", sagte Master Cornelius, „hätte ich gerne deine offizielle Erlaubnis, weiter mit Josephine zu spielen."

„Hmmm", machte Frank wieder, während er mit dem Daumen in langsamen, kreisenden Bewegungen an meiner Hüfte auf und ab strich, was meine inneren Schaltkreise zu überreizen drohte. Deshalb brauchte ich auch ein paar Sekunden, um zu begreifen, was Master Cornelius da gerade gesagt hatte. Und deshalb war ich auch bei dem, was er als Nächstes von sich gab, nicht ganz bei mir.

„Du kannst beim nächsten Mal gerne zusehen, anstatt es

dir hinterher von ihr beschreiben zu lassen."

Ich war eine starke, selbstbewusste Frau. Das war ich schon immer gewesen. Meine Mutter erzählte oft und gerne die Geschichte, dass sie mich nicht aus sich hatte herauspressen müssen, sondern dass ich selbst meinen Weg aus dem Mutterleib gefunden hatte.

Ich war eine eigenständige Frau. Ich wusste, was ich wollte, und brauchte nicht viel Input von anderen, um Entscheidungen zu treffen. Deshalb hatte ich damals auch Probleme gehabt, von jemandem besessen zu werden. Und ich hatte kein Problem damit gehabt, es deutlich zu sagen. Ich brauchte niemanden, der für mich Entscheidungen traf. Deshalb war ich nun so verwirrt und konnte nur dastehen und große Augen machen, während zwei Männer über die nächsten Schritte in meinem Leben diskutierten.

„Du kannst beim nächsten Mal gerne zusehen, anstatt es dir hinterher von ihr beschreiben zu lassen."

Doch während er das gesagt hatte, war Master Cornelius' Blick auf mich gerichtet gewesen. Es war eine Herausforderung gewesen. Aber wen forderte er heraus? Mich oder Frank?

Offensichtlich kannten sich die beiden. Aber woher? Frank gehörte nicht in diese Szene. Die Kinkster dieser Stadt waren eine kleine, fest umrissene Gemeinschaft, und ich hatte ihn noch nie gesehen.

Klar, es gab natürlich private Partys. Aber ich war schon lange in der Szene. Seit dem College, als ich versehentlich auf meine erste Swingerparty gegangen war. Lange Geschichte.

Ich war Frank Gunn noch nie begegnet und hatte auch noch nie von ihm als Dom gehört.

Er sah nicht aus wie ein Dom. Denn ein solcher hatte einen gewissen Blick, eine gewisse Selbstsicherheit, eine bestimmte Art, den Kopf zu neigen, wie ein Raubtier.

Frank hatte nichts von alledem. Sein Blick hatte sich nie in mich hineingebohrt. Meist schaute er als Erster weg.

Selbst jetzt war seine Hand auf meiner Hüfte nicht besitzergreifend. Sie fühlte sich tröstlich an, unterstützend. Als ob er für *mich* da wäre und nicht ich für ihn und sein Vergnügen.

Ich öffnete den Mund, um zu protestieren. Um meine Wünsche zu äußern. Um mich selbst und meine Bedürfnisse vor diese beiden Männer zu stellen, die die totale Kontrolle forderten. Aber Frank kam mir zuvor.

„Ich werde das mit Josie besprechen und sie fragen, ob sie das tun möchte.“

Was sollte das denn heißen?

Das war definitiv kein dominantes Verhalten. Ein Dom würde für mich entscheiden. Er würde keine Diskussion führen, nicht nachdem ich ihm meine Unterwerfung zugesagt hatte. Und genau deshalb würde mir mein Plan nun um die Ohren fliegen. Nach dieser Aussage würde Master Cornelius wissen, dass Frank nicht mein wahrer Herr war. Verdammt, Frank hatte unser Arbeitsverhältnis sogar als Freundschaft bezeichnet.

Aber wäre das denn so schlimm? Frank hatte gesagt, er wolle den Vorschlag von Master Cornelius mit mir besprechen. Er hatte das mit einem weiteren beruhigenden Streicheln gesagt.

Wann immer Master Cornelius und ich verhandelten, hatte ich das Gefühl, ihm die Schlüssel zu meiner Seele zu übergeben. Und das war auch okay. Ich war mir nur nicht immer sicher, ob er sie mir wieder vollständig zurückgeben würde.

Master Cornelius betrachtete mich nun, als sähe er ein weiteres Stück von mir, das er noch nicht gekostet hatte. Meine Knie knickten ein, als wollte sich mein Körper auf den Boden legen und ihm geben, was er wollte. Es war

Franks Hand an meiner Hüfte, die mich aufrecht hielt. Immer noch nicht besitzergreifend. Nur ein Anker während dieses Sturms.

Die Gewissheit in Master Cornelius' Blick war unerschütterlich. Der übermütige Zug auf seinen Lippen wurde nicht weicher. „Ich hoffe, ihr zwei kommt zum Spielen. Dann könnt ihr sehen, wie deine Figur zum Leben erwacht."

„Figur?", fragte ich.

Master Cornelius hob den Kopf. Ich folgte seiner Blickrichtung zu den Plakaten hinter mir. Jetzt fügten sich die Puzzleteile zusammen.

Master Cornelius mit einer Peitsche in der Hand.

Dann mit einem Pinsel.

Die Muster auf Franks weiblichen Avataren.

Der Hintern der beliebtesten Figur.

„Das ist mein Hintern."

Plötzlich betrachtete ich Franks Videospiel in einem ganz neuen Licht. Als ich zu ihm hinüberblickte, hatte er denselben Ausdruck von Erkenntnis im Gesicht.

„Du wusstest es nicht?", fragte Master Cornelius. Ich war mir nicht sicher, wen von uns beiden er damit meinte.

„Nein, Neal", erwiderte Frank. „Ich wusste nicht, dass deine Muse meine …" Seine was? Das war es, was Franks blaue Augen mich fragten.

„Er wusste nicht, dass ich deine Untergebene bin", sagte ich.

Ich senkte den Blick. Nicht, weil das zum Verhalten einer Sub gehörte, denn ich hatte keine Ahnung, ob Frank dieses Spiel mitspielen würde.

Er erwiderte daraufhin nichts. Das Wort *Untergebene* hallte in der Stille zwischen uns nach. Es war Master Cornelius, der das Schweigen brach.

„Du solltest unbedingt in den Club kommen, um persönlich zuzusehen, wie sie unter meiner Peitsche rot wird."

9

„Okay, warte mal. Dein Chef ist ein Dom?"

„Er ist nicht mein Chef. Er ist mein Kunde."

„Ein Kunde, den du als deinen Dom angeheuert hast?"

„Ich habe ihn nicht angeheuert, um mein Dom zu sein. Er hat einfach nur allem zugestimmt." Na ja, mehr oder weniger.

Frank hatte nicht wirklich gesagt: *Ich bin einverstanden, dein falscher Dom zu sein, Josie.* Er hatte in Gegenwart von Master Cornelius lediglich nicht geleugnet, mein echter Dom zu sein. Nachdem Master Cornelius von den Shogun-Mitarbeitern abgelenkt worden war, die ihm gezeigt hatten, wo er sein Kunstwerk aufstellen sollte, war ich mit Frank allein geblieben. Oder so allein, wie man in einem überfüllten Kongresszentrum sein kann.

Er hatte mich angesehen, hatte mich mit seinen leuchtend blauen Augen gefangen gehalten. Aber ich hatte mich nicht gefangen gefühlt. Ich hatte mich immer noch frei bewegen können, während er mich mit einem fragenden Ausdruck angeschaut hatte.

„Es tut mir leid", hatte ich gesagt.

Ich war mir nicht sicher, was ich von Frank zu hören erwartet hatte. Sicher nicht das was er tatsächlich zu mir sagte.

„Sag mir, was du brauchst."

Da war wieder dieser Satz gewesen. Frank hatte wissen wollen, was ich brauche. Und so hatte ich es ihm gesagt.

„Aber warum tut er das?", fragte Kellie und riss mich aus meinen Gedanken.

Als Doktorandin stellte Kellie ständig schwierige, philosophische Fragen wie wer und was und wo und warum. Verdammt, ich hatte keine Ahnung, warum Frank zugestimmt hatte, mein falscher Dom zu sein. Vielleicht, weil er dachte, dass würde seine Chancen bei mir erhöhen? Wobei, seien wir mal ehrlich, die Chancen standen so oder so gut für ihn. Oder vielleicht, weil ich ihm die Möglichkeit geboten hatte, seinen Freund zu übertrumpfen. Welcher Mann würde nicht gerne mit seinen Eroberungen prahlen?

Aber nein. Nichts davon fühlte sich richtig an. Was sich richtig anfühlte, war diese seltsame Tatsache inmitten meines verrückten Lebens: „Weil wir Freunde sind."

Kellie, die auf der Armlehne meiner Couch saß, schürzte die Lippen und drehte sich zu Maree um. Maree, die mit angezogenen Knien auf meiner Couch saß, wandte ihr ebenfalls das Gesicht zu. Ihr hübsches Gesicht imitierte Kellies Stirnrunzeln.

„Freunde?", fragte Maree.

„Ja", erwiderte ich. „Wir sind Freunde. Männer und Frauen können Freunde sein."

„Mit gewissen Extras?", fragte Kellie.

„Nein, wir hatten keinen Sex. Er ist nur ein Freund."

„Also kein Sex?", fragte Kellie. „Nicht mal anal?"

„Oder fingern?", fragte Maree.

„Nein, wir sind nur Freunde", wiederholte ich mit einem entrüsteten Seufzer und ließ mich auf meinen Bürostuhl fallen. Auf dem Bildschirm erschienen mehrere Benachrichtigungen. Anstatt mich um die eingehenden E-Mails zu kümmern, schaltete ich den Monitor aus. Ich wünschte nur, ich könnte die fragenden Blicke meiner Freundinnen ausschalten.

Maree und Kellie waren meine langjährigsten Freunde. Meine wahren Freunde, die mich in- und auswendig kannten. Sie wussten, dass ich mich normalerweise nicht mit der männlichen Spezies abgab, es sei denn, ich wollte mit ihrem Joystick spielen.

„Ich mag ihn." Niemand war über dieses Geständnis überraschter als ich. „Er sagte, er würde tun, was ich in dieser Situation brauche. Um mir zu helfen."

„Liebes", sagte Maree, „warum sagst du Master Cornelius nicht einfach, dass du nicht besessen werden willst?"

„Warte mal." Kellie hob die Hände. „Hat Master Cornelius dich überhaupt gefragt, ob du seine Vollzeit-Sub sein willst?"

„Nein", antwortete ich. „Aber er weist alle Anzeichen dafür auf."

Maree und Kellie tauschten einen weiteren Blick aus.

„Könnt ihr bitte damit aufhören?" Ich sprang von meinem Stuhl auf. „Das habt ihr früher immer gemacht, mit … Ihr wisst schon wem."

„Als du mit D…"

Jetzt warf ich Kellie einen Blick zu; einen Blick, der versprach, dass ich einen Kettenbrief an ihre Universitäts-E-Mail-Adresse schicken würde, wenn sie diesen Namen laut aussprechen würde. Da sie eine kluge Frau war – schließlich war sie Doktorandin – hob Kellie beschwichtigend die Hände.

„Als du mit diesem Arschloch zusammen warst, hast du dich oft ausgeklinkt."

„Was meinst du damit?", fragte ich.

Kellie drehte den Kopf langsam zu Maree, hielt aber inne,

als ich die Lippen schürzte. „Wegen ihm haben wir dich nicht so oft gesehen. Er hat dich von deinen Freundinnen isoliert."

Irgendwie hatte sie recht. Und irgendwie auch nicht.

Was stimmte, war, dass ich damals gerade meinen Job bei Intel Corp. angetreten hatte. Maree hatte gerade mit ihrem ehemaligen Job begonnen, der ihre gesamte Freizeit in Anspruch genommen hatte. Und Kellie hatte mitten in ihrem Studium an der Graduiertenschule gesteckt. Unsere freien Zeiten hatten selten übereingestimmt. Es war also nicht allein meine Schuld gewesen.

Wenn ich so zurückdachte, hatte ich vielleicht meinem Ex einen Teil der Schuld gegeben, als ich den Mädelsabend hatte sausen lassen, weil ich länger hatte arbeiten wollen. Aber ich wusste ganz genau, dass sie es auch getan hatten. Ich hatte Kellie in der Bibliothek gesehen, als sie behauptet hatte, sie sei erkältet und könne nicht rausgehen. Ich hatte Marees Auto gesehen, das an einem Samstagabend vor ihrer Arbeit geparkt gewesen war, als sie gesagt hatte, sie wolle früh Feierabend machen, anstatt noch tanzen zu gehen.

Jetzt war aber nicht der richtige Moment, ihnen das vorzuwerfen. Wir hatten eine Weile gebraucht, aber endlich hatten wir herausgefunden, wie wir so hart spielen konnten, wie wir arbeiteten. Die Waagschalen waren noch nicht ganz ausgeglichen, aber wir kippten nicht mehr allzu weit auf eine Seite.

„Das ist alles passé", sagte Maree. „Was genau sollen wir denn jetzt tun, Babe?"

„Du musst mir helfen, Frank beizubringen ein Dom zu sein."

„Ich dachte, laut Master Cornelius ist Frank früher in der Szene gewesen?", gab Maree zu bedenken.

„Ja, aber ich weiß nicht, was er war", erwiderte ich. „Oder ist. Ich bin mir nicht sicher, ob er ein Dom ist. Er fühlt sich nicht wie ein Dom an."

„Warum fragst du ihn nicht einfach?", sagte Kellie.

Kellie machte immer vernünftige Vorschläge. Bei ihr lief alles auf Logik und Statistiken hinaus. Eigentlich war auch bei Maree alles logisch und statistisch. Deshalb kamen wir alle so gut miteinander aus. Wir waren vernünftige Karrierefrauen, die gerne fantasievolle, perverse Spiele spielten.

„Ich hatte gestern keine Zeit, ihn zu fragen." Vor allem, weil ich so schnell wie möglich von der Konferenz abgehauen war. Ich war nicht davongelaufen wie ein Feigling, sondern wie eine Firmenchefin, die zu einem anderen Meeting hatte eilen müssen. „Also habe ich ihn für heute zu mir eingeladen."

„Sind wir deshalb hier? Um ihn zu schulen?", fragte Maree.

„Du hast eine Beziehung mit drei Doms", argumentierte ich.

„Eigentlich sind es nur zwei Doms. Paul ist genau genommen ein Switch."

„Und du schreibst eine Doktorarbeit über BDSM", sagte ich zu Kellie. „Wer könnte mir besser helfen, Frank beizubringen ein Dom zu sein, damit er so tun kann, als gehörte ich ihm, um weiter mit Master Cornelius spielen zu können?"

Wieder tauschten Maree und Kellie einen Blick aus. Bevor ich sie deswegen ermahnen konnte, klingelte es an der Tür.

Das war *er*. Frank war da. Er stand gerade auf der anderen Seite meiner Wohnungstür.

Mein Herz raste. Schweißperlen bildeten sich über meinen Schläfen. Meine Handflächen wurden feucht.

„Freund, hm?", sagte Kellie. „So schaust du nie drein, wenn ich dich besuchen komme."

Ich tupfte meine Schweißperlen ab. Dann richtete ich meine Haare, während ich zur Tür ging. Bestimmt tauschten meine Freundinnen gerade einen weiteren Blick aus, aber diesmal war es mir egal.

Frank Gunn stand in seiner ganzen nerdigen Pracht vor meiner Tür. Seine Brille saß auf seiner geraden, vornehmen Nase. Sein Hemd mit Kragen war frisch gestärkt und umhüllte seine breiten Schultern. Aber es steckten keine Stifte in seiner Brusttasche, und ich fühlte mich ein wenig betrogen.

„Guten Abend, Josie."

„Guten Abend, Frank."

Wir standen peinlich berührt da, wie zwei Teenager bei ihrem ersten Date.

„Lässt du mich rein?", fragte er.

Kaum waren die Worte aus seinem Mund, zuckte er zusammen. Das Zucken verwandelte sich in ein gequältes Lächeln. Ich biss mir auf die Lippe und zwang mich, nichts auf diese doppeldeutige Aussage zu erwidern. Denn ich wollte weiß Gott keinen Scherz machen. Ich wollte ihn ja tatsächlich in mich reinlassen.

Stattdessen trat ich zur Seite und ließ Frank in mein innerstes Heiligtum eintreten. Er roch köstlich. Die dunkelste Röstung von Kaffeebohnen, vermischt mit Vanille und etwas Unidentifizierbarem, das nur ihm eigen war. Meine Knie wurden wieder weich. Ich musste schwer schlucken, bevor ich wieder etwas sagen konnte.

Er schaute zu meinem Arbeitsplatz in einer Ecke des Zimmers.

„Das ist mein Homeoffice", sagte ich und trat vor meinen Schreibtisch, damit er keine weiteren Details erkennen konnte, die die wahre Größe meines Unternehmens verraten könnten.

Franks Aufmerksamkeit hatte sich bereits weg von meinem Schreibtisch und auf meine Freundinnen gerichtet.

„Frank, das sind meine Freundinnen Maree und Kellie."

„Schön, euch kennenzulernen."

„Sie sind hier, um uns zu helfen."

„Wobei?"

Ich sah meine Freundinnen an. Sie sahen mich an. Ich öffnete den Mund, um das zu sagen, was ich hatte sagen wollen. Dann fiel mir auf, wie dämlich es sich anhörte.

„Bist du ein Dom?", fragte Kellie.

„Nein, bin ich nicht."

Kellie machte eine Handbewegung, als wollte sie sagen: *Seht ihr, so wird es gemacht.*

„Bist du eine Sub?", fragte Maree.

„Nein."

Maree machte die gleiche Handbewegung wie Kellie. Jetzt war ich wohl an der Reihe. Aber es wäre total unhöflich zu fragen: *Und was bist du dann?*

Daher entschied ich mich für: „Aber das ist doch deine Szene, oder?"

Frank schüttelte den Kopf, was uns drei sehr verwirrte.

„Schon seit einer Weile nicht mehr", stellte er klar.

Ach so. Wegen seiner Frau, die gestorben war. Und nun wollte ich ihn zurück in die Szene drängen, die er nach ihrem Tod verlassen hatte.

Mein Blick fiel auf seine linke Hand. Der Abdruck des Eherings verblasste langsam. „Du musst das nicht tun, Frank."

„Sag mir, warum du möchtest, dass ich es tue", entgegnete er. „Setzt Neal dich unter Druck?"

Ich öffnete den Mund und seufzte dann. Denn Tatsache war: „Nein, tut er nicht."

„Warum dann?"

„Weil ich gerne mit Master Cornelius spiele. Aber ich glaube, er will mehr. Und ich … will nicht. Ich will nur spielen. Ich glaube nicht, dass er mit mir weiterspielen wird, wenn ich ihm nicht mehr gebe. Aber wenn ich bereits einen

Dom habe, dann kann ich nicht sein Eigentum werden, sondern stehe nur zum Spielen zur Verfügung. Daher brauchte ich einen falschen Dom – dich."

Nach diesen umständlichen Ausführungen schwieg Frank. Seine blauen Augen betrachteten mich, tasteten mich ab, als ob sie den Fehler in meinem Code finden wollten.

Nur zu, Kumpel, denn dieses neue Programm hat in meinem System ein ziemliches Chaos angerichtet. Zwar gab mir mein regelmäßig durchgeführter Systemcheck immer die Meldung, dass es optimal funktionierte, aber eigentlich tat es das ganz und gar nicht.

„Okay, Josie, ich werde dir helfen."

„Wirklich?"

Franks Blick war auf mein Lächeln gerichtet. Dann wanderten seine Augen über mein Gesicht und hinterließen eine Hitzespur. „Ja, wenn es dir wichtig ist, dann werde ich das für dich tun."

Ich versuchte erneut, ihn zu kategorisieren. Er war keine Sub. Er war kein Dom. Ich hatte keine Ahnung, was er war. Aber unsere Programme stimmten jetzt überein. Jetzt mussten wir nur noch mit dem Training beginnen. Jetzt war es an der Zeit, den Dom-Kurs 101 zu absolvieren.

10

„Also, Frank, worauf stehst du?", fragte Kellie.

Ich drehte mich um und warf ihr einen bösen Blick zu. Kellie war stets direkt und unverblümt. Normalerweise war ich das auch. Aber diese Frage war einfach nur unhöflich.

Sie kannte die oberste Regel des Kink Clubs. Man hatte sie sie uns gelehrt, als wir uns in unserem letzten Collegejahr für unseren allerersten BDSM-Club beworben hatten. Oberste Regel des Kink Clubs: Außerhalb des Kink Clubs redet man nicht über den Kink Club.

Wichtig war aber auch die zweite Regel: Man verurteilt niemanden für seine Neigungen, und das bedeutet auch, niemanden nach seinem kleinen, schmutzigen Geheimnis zu fragen, wenn er es nicht von sich aus preisgeben möchte.

Also sah ich meine Freundin aufgrund dieses Regelbruchs böse an. Aber ich sagte Frank nicht, dass er ihr nicht zu antworten brauchte, denn ich wollte es ebenfalls wissen.

„Kannst du gut mit Seilen und Fesseln umgehen?", fragte Maree, die offenbar auch ihre Manieren vergessen hatte.

„Vielleicht eher Impact Play", sinnierte Kellie. „Er ist ein ruhiger Typ. Die Ruhigen sind meist Sadisten."

„Es geht hier nicht um mich", sagte Frank. „Es geht um Josie."

Da klappte uns allen die Kinnlade herunter. Nun ja, mir und Kellie klappte die Kinnlade herunter. Maree grinste breit.

Maree hatte den Jackpot geknackt. Sie hatte drei Männer gefunden, die sich vor allem um ihre Bedürfnisse kümmerten. Jawohl, drei. Das Universum war nicht so spendabel, ein derartiges Wunder zu wiederholen.

Diesmal tauschten Kellie und ich einen Blick miteinander aus, und wir wussten beide, was dieser Blick besagte: Wenn Frank Master Cornelius glauben machen wollte, dass ich ihm gehörte, durfte er so etwas nicht mehr sagen. Selbst wenn er genau genommen recht hatte.

In dieser ganzen Sache ging es um mich und darum, was ich wollte. Aber Frank durfte das nicht vor einem anderen Dom laut aussprechen. Es sollte um *seine* Bedürfnisse gehen, darum, was *ihm* gefiel.

Ich fragte mich, was für eine Art von Beziehung Frank mit seiner Frau geführt hatte. Vielleicht war sie der dominante Part gewesen. Aber dennoch wirkte Frank meiner Meinung nach nicht unterwürfig. Nicht ganz. Vielleicht war er ein Switch?

„Was Josie braucht", sagte Kellie, „ist, dass du sie ein bisschen herumkommandierst und es so aussehen lässt, als gehörte sie dir."

Frank sah mich zur Bestätigung an.

Ich neigte den Kopf zur Seite – halb nickend, halb schüttelnd. Ich war überhaupt nicht daran interessiert, mich von Frank herumkommandieren zu lassen. Es gefiel mir viel besser, wenn ich ihm ein Lächeln oder sogar ein Lachen entlocken konnte und er mich mit strahlenden Augen ansah.

„Wir müssen an deinem Gang arbeiten", beschloss Maree. „Du musst mehr Schwung haben."

Frank sah mich erneut an, als ob er herausfinden wollte, ob ich das ebenso sah. Maree hatte in diesem Fall recht. Ich nickte zustimmend.

Frank zuckte leicht mit den Schultern und lächelte ergeben. Dann schritt er im Zimmer auf und ab. Ich weiß, dass ich nicht die Einzige war, die dabei seinen Hintern bewunderte. Er füllte seine gebügelte Hose so schön aus. Hinten und – als er sich umdrehte, um wieder auf uns zuzugehen – auch vorne.

„Die Schultern nach hinten", sagte Maree. „Stolziere mehr, als ob dir der Laden gehören würde."

„Das sagst du, weil alle deine Freunde reich sind und ihnen tatsächlich die meisten Läden gehören, in die sie gehen", sagte Kellie. „Bist du reich, Frank?"

„Ich habe genug", erwiderte dieser und blieb vor mir stehen.

Im Gegensatz zu meinen Mädels hatte ich seine Demonstration sehr genossen. Zugegeben, er hatte nicht den nötigen Elan gehabt, um den Raum zu beherrschen. Aber ich hatte meine Augen nicht von seinem Hintern abwenden können. Auch jetzt fiel es mir schwer, den Blick von seiner Vorderseite abzuwenden.

„Wir müssen auch daran arbeiten, wie du sprichst", sagte Kellie. „Kannst du deine Stimme etwas tiefer machen?"

„Und halte Augenkontakt", fügte Maree hinzu. „Schau sie an, als würde sie dir gehören."

Frank sah mich direkt an. Seine blauen Augen hielten mich fest, aber nicht allzu fest. Wie immer könnte ich davonlaufen, wenn ich wollte.

„Ist es das, was du willst, Josie?", fragte Frank. „Ich frage nur, weil du bei unseren Begegnungen in der Geschäftswelt immer diejenige bist, die das Sagen hat. Du bist diejenige, die Bescheid weiß und die Cyberwelt unter Kontrolle hat."

Er hatte recht. Ich war die Beste in dem, was ich tat. Das Problem war nur, dass ich aufgrund meiner beiden hervorstechendsten Eigenschaften gebremst wurde: aufgrund meiner Brüste. Deshalb hatte ich bei Intel Corp. nicht weiterkommen können. Das war ein reiner Männerverein. Sie hatten kein Problem damit gehabt, dass ich die ganze Arbeit erledigte. Aber die entsprechende Anerkennung hatten sie für sich behalten.

„Frauen mit Macht sind meist diejenigen, die sich nach Unterwerfung sehnen", sagte Maree.

Da hatte sie recht. Wir drei waren an der Spitze unserer jeweiligen Branche. Wir waren es leid, die Welt auf unseren Schultern zu tragen.

Maree hatte drei Partner, die ihr diese Last abnahmen. Kellie hatte feste Spielkameraden. Momentan war alles, was ich hatte, Master Cornelius. Ich wollte die Entlastung, die mir seine Peitsche bescherte, nicht aufgeben.

„Ich hätte nicht gedacht, dass du unterwürfig sein willst, Josie", sagte Frank.

So unterwürfig war ich gar nicht. Allerdings hatte ich auch kein Interesse daran, ein Top in der Szene zu sein. Ich wollte nicht auch noch für das Vergnügen eines anderen verantwortlich sein. Ich wollte jemanden, der sich ganz um mich kümmerte, allerdings nur bezüglich meines Vergnügens, nicht meines Lebens. Deshalb hatte ich meine letzte Beziehung beendet.

„Ich weiß nicht, Jo", sagte Kellie. „Er scheint für einen Dom zu entgegenkommend zu sein."

„Ihm fehlt diese gewisse Arroganz", fügte Maree hinzu.

„Doms haben die Kontrolle", sagt Kellie. „Sie führen. Er klingt, als würde er darauf warten, zu folgen."

Franks Blick blieb auf mich gerichtet, während meine

Freundinnen über ihn sprachen, als ob er nicht mit uns im Zimmer stünde. „Ich habe euch doch gesagt, dass ich kein Dom bin. Aber ich glaube, ihr habt eine verzerrte Vorstellung davon, was ein Dom wirklich ist. Ein Dom ist dazu da, seiner Sub zu dienen. Nicht andersherum."

Kellie blickte zweifelnd drein.

Maree blickte nachdenklich drein.

Ich sah Frank an.

„Ein Dom muss die Bedürfnisse seiner Untergebenen befriedigen, damit sie sich weiterhin um seine Gunst bemüht. Das bedeutet, dass er ständig darauf achten muss, dass sie sich wohl fühlt, auch wenn er ihre Grenzen austestet und überschreitet."

Ein paar Sekunden lang herrschte völlige Stille, in der wir drei Frauen einander ansahen. Kellies Lippen bewegten sich, aber es kam nichts heraus außer kurzen, ungläubigen Atemzügen. Maree biss sich mit einem entrückten Blick auf die Lippe, dem gleichen Blick, den sie hatte, wenn sie mit ihren Jungs in einem Privatzimmer verschwinden wollte.

„Für jemanden, der kein Dom ist, weißt du ganz schön viel darüber", sagte ich.

„Ich habe ein Unternehmen aufgebaut, das auf einer Welt basiert, in der Menschen ihre Fantasien virtuell ausleben können. Mein Unternehmen hat es an die Spitze geschafft, weil ich meinen Kunden einen ausgezeichneten Service biete. Wenn ein Dom weiterhin mit seiner Sub spielen will, die in der Szene ist, weil es ihrer Fantasie entspricht, dann sollte dieser Dom ebenfalls einen exzellenten Kundenservice bieten. Meint ihr nicht auch?"

So hatte ich noch nie darüber nachgedacht. Und das auch noch nicht so erlebt, wenn ich mich einem Mann unterworfen hatte. Meine Fantasie, mit einem Mann zusammen zu sein, der die Herrschaft über meinen Körper innehat, hatte sich langsam in etwas Anderes verwandelt. Etwas, das über das Schlafzimmer hinausgegangen war und sich auf mein soziales und berufliches Leben ausgeweitet hatte.

Meine totale Unterwerfung hatte mich einen Job gekostet. Sie hatte meinen Freundschaften einen Knacks verpasst. Sie hatte mir das Herz gebrochen.

„Du musst mir nur sagen, was du willst“, sagte Frank.

„Ich will …“, hob ich an und hielt dann kurz inne. „Ich will nur spielen. Ich will nicht von jemandem besessen werden.“

„Okay. Wir gehen zu Neal, und du spielst.“

„Und du?“

„Ich werde dafür sorgen, dass du bekommst, was du willst.“

Frank Gunn war kein Dom, aber in seinen blauen Augen lag etwas Vertrauenswürdiges. Als er zur Tür ging, war sein Gang etwas selbstsicherer. Er drehte sich um, bevor er die Tür hinter sich schloss. Aber nicht, bevor er mir einen letzten, intensiven Blick zugeworfen hatte. Es loderte Feuer in diesem Blick. Meine Körpertemperatur stieg um mindestens drei Grad an, und ich fürchtete schon, dass ich Fieber bekommen hatte.

„Bist du sicher, dass er kein Dom ist?“, fragte Maree.

Ich war mir bezüglich gar nichts mehr sicher. Außer, dass ich mit Master Cornelius spielen wollte. Und ich wollte Frank dabeihaben.

11

Im Club war mehr los als sonst. Gerade, als ich hereinkam, verschwand Maree mit ihren Jungs in einem Privatzimmer. Kellie saß mit den Carson-Zwillingen, ihren beiden Lieblingsspielkameraden und Lieblingsforschungsobjekten, an der Bar. Sie beugte sich über einen Notizblock und machte sich eifrig Notizen. Ihr Professor hatte ihre letzte Arbeit auf eine – oh Schreck – Zwei plus herabgestuft.

Ich hielt nach Frank Ausschau, bis in die hintersten Winkel des dunklen Clubs. Allerdings erfolglos. Frank hatte gesagt, dass er den Club kennen und keine Probleme haben würde reinzukommen. Aber er war nirgends zu sehen, und die Uhrzeit, zu der wir uns hatten treffen wollen, rückte immer näher.

Der Mann, der jetzt durch die Tür trat, war Master Cornelius. Er hatte seine Segeltuchtasche über eine Schulter geschwungen. Beim Anblick dieser Tasche wurden meine Beine weich wie Wackelpudding, denn ich wusste, welches Vergnügen sich darin verbarg.

Es waren ein paar harte Arbeitstage gewesen, in denen ich Shoguns Codes repariert hatte. Ich hatte keine Zoom-Anrufe mit Frank gehabt, die mich hätten aufmuntern können. Er war in Meetings mit Investoren und Kundenfokusgruppen gewesen und hatte ein, zwei Tage die Stadt verlassen müssen.

Ich wusste, dass er mittlerweile wieder zurück war, denn er hatte mir heute Nachmittag eine Nachricht geschickt. Er hatte gesagt, dass er für mich da sein würde, dass er das Gleichgewicht zwischen meinem unstillbaren Bedürfnis nach dem Brennen der Peitsche und meinem Wunsch nach Unabhängigkeit herstellen würde.

Master Cornelius sah mich an, während er mit den langsamen, selbstsicheren Schritten eines Doms auf mich zukam. Sein arrogantes Grinsen machte alle Subs im Club rasend. Aber dieses Grinsen galt nur mir und den Plänen, die er für meinen Körper schmiedete.

Meine Knie wurden noch weicher, und ich musste mich an dem Barhocker hinter mir festhalten. Um mich herum war plötzlich ein Summen zu hören, als Master Cornelius sich auf mich zubewegte. Es lief mir ein paarmal an den Beinen hinauf und hinunter, aber dann merkte ich, dass es nicht an dem Dom lag, der sich an mich heranpirschte. Es war mein Handy, das in meiner Hosentasche vibrierte. Ich holte es heraus und wandte den Blick von Master Cornelius ab, um auf das Display zu schauen. Frank hatte mir eine Nachricht geschickt.

Ich verspäte mich, aber ich werde für dich da sein.

Ich ließ mich auf den Barhocker fallen. Hier war ein echter Dom, der seinen besitzergreifenden Blick auf mich richtete. Und dort war mein falscher Dom, der mir seine selbstlose Hilfsbereitschaft über den Äther schickte. Welche Frau würde sich nicht von diesen beiden gegensätzlichen Kräften mitreißen lassen?

„Guten Abend, Josephine."

Ich drückte das Handy an meine Brust. Es hatte aufgehört zu vibrieren, nachdem ich Franks Nachricht gelesen hatte. Jetzt schlug nur noch mein laut pochendes Herz dagegen.

„Master Cornelius."

Master Cornelius' Blick ruhte auf meinem Gesicht, dann wanderte er hinunter zu meinem Schlüsselbein. Meine Haut brannte überall dort, wo seine dunklen Augen mich berührten. Mein ganzes Wesen war bereit, sich ihm zu unterwerfen.

„Frank verspätet sich", sagte ich. „Aber er wird für mich da sein."

Master Cornelius' Lächeln wurde weicher. „Frank ist ein guter Mensch."

„Ja, das ist er."

Meine Worte waren teils eine Feststellung, teils eine Frage. Ich fragte mich, was Master Cornelius wirklich über Frank dachte. Woher wusste er, dass Frank ein guter Mensch war? Was an ihm hatte diese Sanftheit in Master Cornelius' dunklen Augen ausgelöst?

Ich konnte ihn das nicht fragen. Frank und ich hatten angeblich eine Beziehung miteinander und daher sollte ich das bereits wissen.

„Ich hätte nicht gedacht, dass er nach Gwens Tod zu diesem Lifestyle zurückkehren würde."

Gwen? War das der Name von Franks verstorbener Frau? Nicht einmal das wusste ich. „Kannten Sie sie?"

Master Cornelius nickte. „Sie war eine starke Frau und der ursprüngliche Avatar von Franks Spiel. In der neuesten Version hat sich dieser Avatar stark verändert, und jetzt sieht er aus wie du. Nun ja, zumindest der Körper."

Sein Blick fühlte sich an wie die weichen Borsten eines Pinsels auf meiner Haut. Er streckte die Hand nach meinem Schlüsselbein aus. Seine Finger berührten kaum meine Haut, aber ich spürte ihre Wärme.

„Ich stoppe immer hier", sagte er. „Ich habe dein Gesicht nicht verwendet, denn ich wollte dich um Erlaubnis bitten."

„Um Erlaubnis?"

„Um dein Gesicht zu malen." Sein Blick wanderte von meinem Schlüsselbein zu meinem Gesicht.

„Sie bitten mich um Erlaubnis, mein Gesicht zu malen?"

„Ja. Deinen Körper kann ich anonym halten. Aber dein Gesicht? Dazu habe ich kein Recht. Ich würde so etwas nie ohne deine Erlaubnis tun."

Dann griff Master Cornelius in seine Hosentasche. Ich holte tief Luft, als sich seine Finger um die verräterische Ausbeulung darin legten, die Ausbeulung in seiner Seitentasche. Dort, wo ich den Abdruck einer großen Kette gesehen hatte, die herausgenommen und um meinen Hals gelegt werden wollte.

Dann ging die Eingangstür erneut auf. Ein Teil der Straßenbeleuchtung fiel herein. Der Mann, der hereinkam, war jedoch nicht Frank.

„Das ist für dich, Josephine."

Ich schluckte. Oder zumindest versuchte ich es. Meine Kehle schnürte sich zusammen, als ob ich bereits den immer fester werdenden Griff von … einem Farbfläschchen spüren konnte?

„Das ist genau der gleiche Farbton wie deine Haut", sagte Master Cornelius. „Ich musste lange suchen, um ihn zu finden."

Er hielt mir das längliche Fläschchen an die Wange. Ein Ausdruck höchster, fast orgasmischer Zufriedenheit lag auf seinen maskulinen Gesichtszügen. Tatsächlich gab er einen Laut von sich, der wie das Stöhnen beim Orgasmus klang.

Er führte das Fläschchen bis zu meinem Schlüsselbein. Ich senkte den Kopf, damit ich es sehen konnte. Tatsächlich passte die hellbraune Farbe darin perfekt zu meiner Haut.

„Light Fawn heißt es. Ein cremiger Ton, mit einem Hauch von Olive – perfekt." Er streichelte das Fläschchen zärtlich, was mich ein wenig eifersüchtig werden ließ.

„Ich dachte …"

Master Cornelius wartete geduldig, bis ich meinen Satz beendet hatte. Das hatte ich jedoch nicht vor. Ich schämte mich, weil ich die Situation dermaßen falsch eingeschätzt hatte.

Wollte er mich gar nicht an sich binden? Hatte er nur mein Gesicht malen wollen? Ich schloss den Mund wieder. Doch seine dunklen Augen forderten mich auf, zu beenden, was ich begonnen hatte.

„Ich dachte, Sie wollten mich besitzen."

Master Cornelius grinste sein Dom-Grinsen. Er erwiderte nichts darauf. Das brauchte er auch nicht. Ich verstand sehr gut, was er meinte.

„Du bist meine Muse, Josephine. Ein Künstler wartet sein ganzes Leben darauf, seine Muse zu finden. Ich könnte dich für den Rest meines Lebens malen und würde dessen nie müde werden. Dein Körper mag Frank gehören, aber dein Geist ist mit mir verbunden."

Mein Geist war mit seinem verbunden, das stimmte. Etwas vibrierte in mir, und diesmal war es nicht mein Handy. Denn Master Cornelius hatte recht.

Es gab einen Teil von mir, der nur auf ihn reagierte. Einen Teil, der nur in seiner Gegenwart erwachte. Einen Teil, von dem ich normalerweise nicht wusste, dass er existierte, und der still wurde, wenn wir getrennt waren.

Aber das war nur ein Teil. Es war nicht alles von mir. Und da ich diesen Teil nicht die ganze Zeit brauchte, war es vielleicht gar nicht so schlecht, ihn Master Cornelius zu überlassen. Ich meine, was sollte ich mit einem künstlerischen Geist sonst anfangen?

Während ich darüber nachdachte, spürte ich eine Wärme in meinem Rücken. Nicht das dunkle, mulmige Gefühl, das mich überkam, wenn ich fürchtete, meine Vergangenheit würde mich einholen. Es fühlte sich an wie ein sanftes Licht, das mir den Weg in eine helle Zukunft leuchtete.

Ich drehte mich um, und Frank stand hinter mir.

12

„Tut mir leid, dass ich zu spät bin."

Frank legte seine Hand auf meinen Rücken. Er berührte mich von seiner Handfläche bis hin zu den Fingerspitzen. Ich spannte mich an und wartete darauf, dass sich seine Finger besitzergreifend in meine Haut krallen würden.

Aber ich hätte mich gar nicht anspannen müssen, denn Frank tat nichts dergleichen. Er tat etwas ganz Anderes.

Er beugte sich vor und berührte meine Lippen mit seinen. Es war ein leichter Kuss. Kaum mehr als ein Küsschen. Nicht einmal ein Drücken. Nur eine sanfte Berührung. Er zog sich zurück, bevor ich überhaupt realisiert hatte, was geschehen war. Aber dann sehnte ich mich sofort nach mehr.

Frank richtete sich auf, und zwar gerade dann, als ich mich nach vorne lehnte, um mehr von ihm zu kriegen. Mein Gesicht landete zwischen seiner Brust und seiner Achselhöhle. Der Mann hatte den ganzen Tag gearbeitet – ich wusste das, weil ich den Code repariert hatte, den sein Team mir für die neueste Version von Shogun geschickt hatte – und er roch immer noch wie frisch geduscht.

Es war nicht richtig, an ihm zu schnuppern, nicht wahr? Aber ich konnte nicht anders. Es war schon so lange her, dass ich an einem Mann gerochen hatte.

Frank schob mein Gesicht nicht weg, als meine Nase seine Achselhöhle berührte. Seine Hand wanderte nach oben, um mein Gesicht zu streicheln. Nicht wie ein Kind. Wie ein Liebhaber, der mich dort festhält, wo ich hingehöre: an seine Seite.

„Schön, dich zu sehen, Neal."

„Dich auch, Frank."

Beim Klang von Master Cornelius' Stimme richtete ich mich auf. Zwischen ebendieser weichen Stelle, gegen die ich mich hatte fallen lassen – nämlich Frank –, und den scharfen Kanten von Master Cornelius würde ich gleich in ekstatische Höhen steigen.

Ich konnte es kaum erwarten!

„Wollen wir?" Master Cornelius deutete in Richtung der Privaträume im hinteren Teil des Clubs.

Seine ganzen Respektbezeugungen galten Frank, jetzt, wo er da war. Das war Vorschrift, denn Frank war mein Meister. Es wäre ebenso unhöflich, sich auf den Dolmetscher zu konzentrieren, wenn man sich mit einem Hörgeschädigten unterhielt. Man musste sich an denjenigen richten, der das Sagen hatte. Nicht auf den, durch den die Worte ausgesprochen wurden.

Frank hielt meine Hand, als wir Master Cornelius ins Privatzimmer folgten. Die Hitze seiner Handflächen strömte direkt in meinen Solarplexus. Aber es war nicht nur Wärme. Da war auch Sicherheit, Geborgenheit – alles, was eine Frau sich von einem Mann wünscht.

Ich hörte auf, mir Gedanken über die Vergangenheit und die Zukunft zu machen. Ich war nicht einmal auf die Gegenwart konzentriert. Es war, als wäre Frank eine wandelnde, sprechende Peitsche, deren starke Finger – die

Riemen – meine Haut wie eine warme Liebkosung berührten.

„Möchtest du das neue Spielzeug sehen, das ich in Auftrag gegeben hatte?", fragte Master Cornelius, als sich die Tür hinter uns geschlossen hatte.

Er öffnete seinen Koffer und holte eine Peitsche heraus. Es war eine weitere regenbogenfarbene Kreation. Jeder Farbton entsprach exakt dem Hexadezimalcode seines jeweiligen Regenbogenwerts. Ich wurde meist nervös, wenn das Rot zu stark war oder der Blauton um ein paar Nuancen abwich.

Jetzt wurde ich nervös, als ich das Gerät betrachtete. Die Riemen waren verstärkt und verliehen der Peitsche das Aussehen eines bunten Mopses. Aber ich wusste, dass dieses Extra für ein heftigeres, dumpferes Gefühl sorgen würde.

„Die fachmännische Ausführung ist perfekt."

Die Ausführung war in der Tat perfekt. Auch das Spiralmuster auf dem Griff war einmalig. Sie war ein echtes Unikat. Es gab nur einen Designer für derartige Geräte, der solche Spiralmuster hinbekam.

In meinem Kopf tauchte die Erinnerung an eine längst vergangene Zeit auf. Eine Zeit, in der ich zugesehen hatte, wie dieses Muster in mehrere Peitschen eingearbeitet worden war. Meine Beine kribbelten, als wüsste ich nicht, ob ich mich nach vorne beugen oder abhauen sollte.

„Darauf habe ich wochenlang warten müssen." Master Cornelius hob das Kunstwerk hoch und schwang es durch die Luft, als wäre es einer seiner Pinsel. Sein Blick war auf mich gerichtet, aber nicht auf mein Gesicht. Seine Augen wanderten über meine Brüste, meine Hüften, meine Oberschenkel.

Die Beklemmung, die mich überkam, als mir klar wurde, wer diese Peitsche hergestellt hatte, ließ nach, als ich ihren Bewegungen folgte. Ich war jetzt schon ein zitterndes Etwas, und meine interne CPU ließ zu viele Programme laufen und Anwendungen abstürzen.

„Du hast sie noch bei keiner anderen Gespielin verwendet?", fragte Frank, als er Master Cornelius die Peitsche abnahm.

„Ich spiele seit einiger Zeit nur mit Josephine."

Frank nickte daraufhin. Er folgte Master Cornelius, der zur anderen Seite des Raumes gegangen war, um sein Spielzeug und seine Staffelei aufzustellen. Ich atmete tief ein und versuchte, meinen Herzschlag unter Kontrolle zu bringen.

Er weigerte sich, sich zu beruhigen, und raste ungehindert weiter. Das Rauschen in meinen Ohren kam von den internen Lüftern, die bei einer Überhitzung des Computers anspringen. Mein Herz versuchte nicht, sich aus meiner Brust zu befreiten, aber das verräterische Organ wusste genau, dass die Peitsche von dem stammte, dessen Namen ich nicht aussprechen wollte.

„Ist das für mein Videospiel?", fragte Frank, als er die Staffelei umrundet hatte.

„Ja."

„Sie ist wunderschön." Frank strich mit dem Zeigefinger über den Rand der Leinwand.

Die Staffelei war von mir abgewandt. Ich konnte das Bild, auf das die beiden Männer starrten, also nicht sehen. Ich wusste jedoch, dass es ein Bild von meinem Körper war.

Aber ich konnte mich auf nichts anderes konzentrieren als auf die Peitsche. Deren perfekte Ausführung. Die Sorgfalt, mit der sie designt worden war. War darin eine versteckte Botschaft enthalten? Versuchte mein Ex, durch sie mit mir zu kommunizieren? War er hier?

Ich schüttelte mich innerlich und drückte im Geiste die ESC-Taste, um einen Neustart zu erzwingen. Ich befand mich in einem Raum mit zwei wunderschönen, hingebungsvollen Männern, die nichts anderes wollten, als mir das

Vergnügen zu bereiten, das ich so verzweifelt wollte und brauchte.

„Ja, sie ist wunderschön." Master Cornelius hob den Kopf. „Sie überlegt, ob sie mir ihr Gesicht überlassen will."

„Für mein Spiel?" Jetzt wandte Frank sich von dem Bild ab und sah mich an. „Das wäre mir eine Ehre, Josie."

„Darf ich?", fragte Master Cornelius.

Seine Worte waren an Frank gerichtet, aber sein Blick ruhte nach wie vor auf mir. Ich hatte das Gefühl, dass es nun nicht mehr um mein Gesicht ging. Darüber waren wir hinaus. Er bat um die Erlaubnis, die Szene zu beginnen. Dass Frank seine Besitzrechte an mir auf Master Cornelius übertrug.

Frank kam zu mir. Mit gemessenen Schritten, nicht auf die arrogante, raumgreifende Art von Master Cornelius. „Bist du bereit zu spielen, Josie?"

Ich warf einen Blick auf die Peitsche. Ich wollte sie. Ich wollte, dass die Riemen in meine Haut stachen. Ich wollte, dass der Schaft dieses Spielzeugs meine triefend nasse Muschi reizte. Unabhängig davon, wer sie hergestellt hatte. Also nickte ich Frank zu.

„Nenne mir dein Safeword."

„Es lautet Nein."

Frank lächelte daraufhin. „Nenne mir deine Grenzen."

„Kein Penis."

Seine Mundwinkel zuckten. Entweder aus Enttäuschung oder aus Neugierde, ich war mir nicht ganz sicher. „Warum?"

„Es bringt die Membranen durcheinander."

Seine Mundwinkel hoben sich, bis ihm ein leises Lachen entwich. Es war das Lachen, das ich von unseren Zoom-Terminen her kannte. Im wirklichen Leben war es sogar noch schöner. Prompt ließ ich all meine Sorgen und Ängste bezüglich der Vergangenheit los und gab mich diesem Mann hin.

Frank konnte ich vertrauen. Frank würde mich nie zwingen, etwas zu tun, was ich nicht wollte. Das wusste ich bis in die Tiefen meiner Seele hinein, wo mein wahres Selbst ruhte. Das Selbst, das sich Master Cornelius hingegeben hatte.

Master Cornelius hatte meinen Geist. Frank hatte meine Seele. Mein Herz … Na gut, ich würde mich bald um dieses beschädigte Teil der Hardware kümmern müssen. Oder vielleicht könnten die Reparaturen während dieser Szene beginnen, während mein Geist und meine Seele in luftige Höhen stiegen.

Franks Blick blieb an meinen Lippen haften. Ich hob den Kopf und gab ihm wortlos die Erlaubnis. Daraufhin folgte ein kurzes Zögern, das nur ich sehen konnte. Es war so schnell wieder verschwunden, dass ich dachte, ich hätte es mir eingebildet. Denn im nächsten Augenblick berührten seine Lippen die meinen.

Sanft. Sachte. Ganz kurz. Es raubte mir den Atem.

„Geh und amüsiere dich", sagte er. „Ich werde für dich da sein."

„Danke, Frank."

Ich trat einen Schritt von ihm weg. Meine Beine bewegten sich mit einer Sicherheit, die himmelweit von dem Nebel in meinem Kopf entfernt war. Unsere Hände blieben miteinander verschränkt, bis ich einen Schritt von ihm entfernt war. Als sich unsere Finger voneinander lösten, konnte ich Frank immer noch auf meiner Haut, auf meinen Lippen spüren.

Ich stand Master Cornelius direkt gegenüber. Sein heißer Blick müsste eigentlich die letzten Reste von Frank, die noch in mir steckten, wegbrennen. Stattdessen war es, als wäre Franks Berührung die Kohle und Master Cornelius das Gas. Ich brannte von innen, und zwar vor kaum zu bändigendem Verlangen.

„Wie geht es dir heute Abend, Josephine?"

„Sehr gut, danke, Master Cornelius. Und Ihnen?"

„Ich hatte einen schönen Tag", erwiderte er. „Erzähl mir von deinem."

„Nun, ich habe den Code für meinen Kunden repariert."

„Ach ja?"

„Ja. Ich musste eine RAW-Festplatte RAMen, bis der Computer gemegahertzt wurde."

Aus der Ecke hörte ich Frank schnauben. Sein amüsiertes Lachen überrollte mich, und mir wurde noch heißer.

„Das klingt, als wärst du ein fleißiges Mädchen gewesen", sagte Master Cornelius. „Darum verdienst du eine Belohnung, Josephine. Was hättest du denn gerne?"

„Bitte malen Sie meine Haut rot an, Sir. Mit Ihrer neuen Peitsche, bitte."

„Wie soll ich deine Haut anmalen, Josephine?"

„Gleichermaßen pochend und stechend, Sir."

„Willst du kommen?", fragte er.

„Ja, bitte."

„Durch meine Riemen?" Er nahm die bunte Peitsche in die Hand.

„Ja, Sir."

„Kann ich meine Hände benutzen?"

„Ja, Sir."

„Meine Finger?"

„Ja."

„Aber nicht meinen Schwanz?"

Ich zögerte. Das *Ja* lag mir auf der Zunge. Die ungewohnten Formulierungen, die Master Cornelius verwendet hatte, brachten mein ohnehin schon verwirrtes Gehirn noch mehr durcheinander. Ich sah zu Frank.

Er hob die Augenbrauen, als würde er fragen, ob ich meine Meinung geändert hatte.

Meine Scheidenwände krampften sich zusammen und

flehten mich an, meine Meinung zu ändern. Ich schluckte und stieß das Wort *Nein* heraus.

Frank und Master Cornelius tauschten einen Blick aus. Es war der gleiche Blick, den Maree und Kellie austauschten, wenn sie mich zur Rede stellen wollten. Aber das hier waren nicht meine Freundinnen. Also stellten sie mich auch nicht zur Rede.

„Wenn das dein Wunsch ist."

Master Cornelius hob die Peitsche. Das gewundene Muster auf dem Schaft des Spielzeugs versetzte mich zurück in eine Vergangenheit, in der ich unter der Fuchtel eines anderen Mannes auf den Knien gelegen hatte. Mein Herz klopfte wieder laut in meiner Brust und wollte mir unbedingt etwas mitteilen.

Mit dem ersten Schlag der Riemen in Master Cornelius' geschickter Hand war ich wieder im Hier und Jetzt. Dann löste ich mich in der Herrlichkeit des schmerzhaften Vergnügens auf, das mich von meinen umherwirbelnden Gedanken trennte. Meine Seele und mein Geist tönten lauter als mein rasendes Herz. Meine Stimme sang bald darauf in hohen Tönen voller orgasmischer Glückseligkeit.

13

„*B*eine die breit mach, Josephine."

Mein Gehirn funktionierte nicht richtig. Der Prozessor arbeitete zu langsam. Syntaxfehler machten sich breit.

„Mach die Beine breit, Josephine", wiederholte Master Cornelius, und diesmal kapierte ich den Satz.

Ich tat, was er mir sagte, obwohl meine Knie weich geworden waren. Meine Knöchel zitterten. Meine Waden weinten. Er hatte heute Abend nicht einen Zentimeter meiner Oberschenkel verschont.

Mich ein zitterndes Häuflein Elend zu nennen, wäre eine Untertreibung. Ich war eine kaputte Glasscherbe, die Master Cornelius zu einem neuen Meisterwerk formte, das in der Kunstwelt für Aufsehen sorgen würde. Allerdings gab es nur einen einzigen Besucher dieser Ausstellung.

Franks Mund bildete eine schmale Linie, die bei jedem Schlag der Peitsche noch schmaler wurde. Seine blauen Augen waren wie der Himmel, dessen Horizont sich bei jedem Keuchen und Stöhnen, das ich von mir gab, noch weiter ausdehnte. Ein großer Teil meiner Lust bestand darin, seine Erregung mitzuerleben.

War das sein Kink? Voyeurismus? Verdammt, das war *mein* neues Ding – ihm dabei zuzusehen, wie er mich beim Kommen beobachtete.

Master Cornelius führte die Riemen der Peitsche an meinen Schenkeln entlang, über meinen Anus, der um Aufmerksamkeit gebettelt hatte, bis hin zu meiner pulsierenden Vulva. Mein Kitzler pochte vor Erregung.

Dann war jegliche Empfindung weg. Ich spürte nur noch den Lufthauch, als er die Peitsche wegführte. Eine Sekunde später spürte ich ein Stechen an meiner rechten Schamlippe, direkt unterhalb meines pochenden Kitzlers. Es war wie ein elektrischer Schlag, und ich kam erneut.

Als ich es endlich schaffte, die Augen wieder zu öffnen, waren Franks Fingerknöchel weiß. Er hatte die Hände um die Stuhlkante gekrallt. Seine Beine waren gespreizt, und eine nicht zu übersehende Beule befand sich in der Mitte seiner Hose.

Was erregte ihn am meisten? Die Schmerzen, die Master Cornelius mir zufügte? Oder das Vergnügen, das Master Cornelius mir mit der Peitsche zuteilwerden ließ? Oder vielleicht erregte Frank – wie jeden Mann – der Anblick einer nackten Frau, die hilflos vor ihm lag.

„Ahhhh!", schrie ich, als Master Cornelius den Griff der Peitsche an meinen Schamlippen rieb.

Der Griff war breit. Das Leder war weich. Aber das Material war auch unnachgiebig. Das Muster der Riemen verstärkte mein Vergnügen um ein Vielfaches.

Alles, woran ich denken konnte, war Master Cornelius, der seinen Schwanz an mir reiben wollte. Wie er in mich eindringen würde. Das Aneinanderklatschen unserer Körper, während er in mich stieß, bis wir beide …

„Ahhh!", schrie ich erneut, diesmal jedoch, weil ich überhaupt nichts spürte. Master Cornelius hatte die Peitsche weggenommen. Diesmal wirklich. Er trat von mir weg, zu seiner Tasche, in der er dieses herrliche Foltergerät wieder verstauen würde. Ich wusste, ohne dass er es sagen musste, dass unsere Zeit um war.

„Was soll der Scheiß, Neal?"

Die Wut in Franks Stimme war so stark, dass seine Worte durch den Nebel meiner Lust dringen konnten. Frank sprang vom Stuhl auf und stellte sich neben meinen nackten Körper.

„Das ist das Ende der Szene", sagte Master Cornelius ruhig.

„Sie ist nicht vollends befriedigt."

„Ich habe ihr genau das gegeben, worum sie gebeten hat."

„Sie will eindeutig mehr."

„Gibst du mir als ihr Besitzer die Erlaubnis, ihre Grenzen zu überschreiten?"

Frank hielt inne. Er sah zu mir hinunter. Sein Blick begegnete dem meinen. Ich sah den inneren Kampf, der sich auf seinem Gesicht widerspiegelte. Er wusste, dass ich einen weiteren Orgasmus wollte. Ich sah, dass er sich das ebenfalls für mich wünschte.

„Wie lange hast du dieses Zimmer?", fragte Frank.

„Die ganze Nacht."

„Eine Frau verdient es, so lange bedient zu werden, bis sie zufrieden ist."

Das Grinsen, das sich auf Master Cornelius' Gesicht ausbreitete, war teuflisch. Es war, als brächte er eine Skulptur zum Vorschein, die er unter einem Tuch versteckt hatte. Jetzt, nach so langer Zeit, würde er endlich das Meisterwerk enthüllen.

„Wenn du das für das Beste hältst", sagte Master Cornelius, „dann werden wir ihr den Service bieten, den sie verdient."

Das Wort *Service* schwirrte mir mehr im Kopf herum als der Plan, den die beiden Männer für mich schmiedeten.

Service.

Frank hatte gesagt, er sei kein Dom. Er hatte gesagt, er sei keine Sub. Aber er war richtig gut in Sachen Kundenservice. Dafür war Shogun bekannt.

Service.

Heilige Scheiße. Es traf mich wie der Schlag von tausend Peitschenhieben. Das war doch unmöglich! Aber er wies sämtliche Merkmale auf … Also war es vielleicht doch möglich.

Frank Gunn war ein Service Top.

Ich hatte schon von Service Tops gehört. Aber ich hatte nicht geglaubt, dass es sie wirklich gibt. Sie waren in der BDSM-Welt so rar wie Einhörner.

Ich hatte schon viele majestätische Pferde gesehen. Ich hatte grobschlächtige Nashörner mit einem dicken, schwulstigen Horn gesehen. Aber noch nichts, keine Kreatur, die zwischen diesen beiden liegt.

Doch hier stand nun ein Service Top über meinem nackten, vor Lust triefenden Körper und verlangte, dass man mir mehr Orgasmen bescherte.

„Was ist dein Safeword, Josie?"

Ich glaube, ich hatte *Nein* gesagt. Ich musste es gesagt haben, denn Frank nickte. Dann nahm er auf dem Bett Platz. Sein Blick ruhte auf mir. Seine Finger wanderten meinen Körper hinunter und legten sich auf meine Klitoris.

„Kein Penis", sagte er und wartete.

Es dauerte einige Sekunden, bis ich begriff, dass er darauf wartete, dass ich mich fügte. Meine Kehle war heiser von dem Vergnügen, das Master Cornelius mir bereits beschert hatte. Alles, was ich tun konnte, war zu nicken.

„Du wirst für mich kommen, Josie."

Es war keine Frage. Es war kein Befehl. Frank hatte es als

Statement gesagt. Bevor ich antworten konnte, waren Franks Finger in mir, und Master Cornelius bearbeitete meine Schenkel.

Franks Finger waren einfach nur magisch. Er war der Wolf, und ich war das Rotkäppchen, das einen Orgasmus hatte, während er seine Finger in mir bewegte. Und ich war diejenige, die aufheulte, als ich kam.

Master Cornelius zeigte beim Auspeitschen keine Gnade. Die Riemen tanzten auf meiner Haut, und ihre Stiche und Schläge ließen mich zusammenzucken, als würde ich in den Tiefen der Lust ertrinken. Hatte er sich früher zurückgehalten? Denn so war ich bei ihm noch nie gekommen.

„Komm für uns, Josie!"

Ich tat, was mir gesagt wurde, und kam. Ich kam wieder und wieder. Und dann noch einmal, bis ich ohnmächtig wurde.

Als ich die Augen wieder öffnete, war ich in einen Kokon aus Decken eingewickelt. Meine Nase nahm den Geruch von bitterem Kaffee und süßer Vanille war – Franks Duft. Mein Kopf ruhte auf seiner Brust, und ich hörte seinen festen Herzschlag.

Warum hatte ich es so lange abgelehnt, dass man sich im Nachgang um mich kümmerte? So gehalten zu werden, als wäre ich etwas Wertvolles, das war ein ganz neuer Aspekt von Perfektion.

„Ich habe viel gemalt, seit ich mit ihr spiele." Das war die Stimme von Master Cornelius. Ich hörte seinen tiefen Bariton, begleitet vom Kratzen eines Pinsels auf der Leinwand. „Immer nur sie. Ich kann einfach nicht aufhören, sie zu malen. Sie ist meine größte Inspiration, meine Muse."

„Sie hat mich zum Lachen gebracht", sagte Frank nach ein paar Sekunden des nachdenklichen Schweigens. „Ich kann mich nicht daran erinnern, dass ich nach Gwens … Dass ich da auch nur einmal gelächelt hätte."

Die Stille, die darauf folgte, war ein wenig erdrückend. Franks rechte Hand umfasste meine Schulter. Ich glaube, er wusste nicht, dass ich wach war. Er atmete tief ein. Er atmete wieder aus, ohne jedoch seinen Griff um meine Schulter zu lockern. Als ich mich an seine Brust drückte, entspannte er sich.

„Abgesehen von meinem Unternehmen ist sie es, auf die ich mich jeden Tag freue.“

„Sie ist ein Juwel. Ich bin überrascht, dass sie sich einverstanden erklärt hat, von jemandem besessen zu werden. Sie ist eindeutig eine Bottom, aber ich hätte nicht gedacht, dass sie der unterwürfige Typ ist.“

„Sie muss einfach nur umsorgt werden.“ Während Frank dies sagte, berührten seine Lippen leicht meine Schläfe.

Wenn ich nicht schon an seiner Brust dahingeschmolzen wäre, hätte ich es spätestens jetzt getan. Frank bedeutete Sicherheit und Geborgenheit. Ihm ging es einzig und allein um mein Vergnügen, als würde es sein eigenes noch verstärken. Der Gedanke, diesem Mann zu erlauben, sich innerhalb und außerhalb des Schlafzimmers um mich zu kümmern, jagte mir nicht einmal ansatzweise Angst ein.

Meine Seele und mein Herz waren voll. Ja, selbst mein Herz hatte sich beruhigt und schlug gleichmäßig in meiner Brust. Wenn ich könnte, würde ich für immer hier liegen …

Mir kam das F-Wort in den Sinn. Aber ich war mir nicht sicher, ob ich es aussprechen konnte. Das Y2K-Problem hatte mich gelehrt, dass selbst in den besten Programmen Fehler versteckt sein konnten. Dieser Verdacht schien sich zu bestätigen, als es an der Tür klopfte.

„Erwartest du jemanden?“, fragte Frank.

„Ja“, antwortete Master Cornelius. „Ich hätte nicht gedacht, dass ihr zwei so lange bleiben würdet. Macht es dir etwas aus? Es ist der Mann, der diese Peitsche hergestellt hat. Ich muss ihn noch dafür bezahlen.“

„Ach wirklich?", fragte Frank und drückte mich fester an sich. „Ich würde ihn gerne kennenlernen. Wenn er über so viel handwerkliches Geschick verfügt, möchte ich ihn vielleicht in meinem Merchandising-Team haben. Lass uns rausgehen, während sie sich hier ausruht."

Ich brauchte keinen Schlaf vorzutäuschen. Mein Körper war bei dem Klopfen völlig erschlafft und fühlte sich wie betäubt an. Das Klopfen war laut gewesen. Fordernd. Passend für jemanden, der beruflich mit Leder zu tun hatte. Master Cornelius hatte gesagt, der Mann, der die Peitsche hergestellt hatte, sei hier.

Das bedeutete, dass Duke, mein Ex, hier war.

14

Ich konnte seine Stimme nicht hören, aber ich spürte seine Präsenz. Wie in einem Horrorfilm, in dem die Hauptfigur denkt, sie sei in der dunklen Garage, in der alle möglichen Werkzeuge wie Hämmer, Schraubenzieher und Kettensägen hängen, sicher, wo es doch eigentlich besser wäre, ins Auto zu springen und abzuhauen. Ich war in ebendieser verdammten Garage, nackt, mit allen möglichen Sexspielzeugen, die Duke würde verwenden können, um mich in die Knie zu zwingen – und das auch noch zu genießen.

Ich musste hier raus, bevor er wusste, dass ich da war und mit einem Sexspielzeug auf mich losging. Oder noch schlimmer, mit seiner Stimme. Denn allein Dukes Stimme war schon eine Waffe.

Sie hatte mir immer die Sinne vernebelt, wie eine Rauchwolke, die mein Gehirn durcheinandergebracht hatte. Ich durfte nicht zulassen, dass er mit mir sprach. Ich durfte nicht zulassen, dass er mich berührte. Ich durfte nicht zulassen, dass er mich sah.

Ich zog mich an. Meine Haut vibrierte noch immer von

den zahlreichen Orgasmen, die Frank aus mir herausgeholt hatte. Mein Hintern pochte noch immer von den Schlägen, die Master Cornelius mir verpasst hatte.

Ich ging um das Bett herum, aber bevor ich die Tür erreichte, fiel mein Blick auf Master Cornelius' Gemälde. Es stellte mich dar. Und es raubte mir den Atem. Mir wurde auf einmal ganz leicht ums Herz. Als würde ich zwischen den Wolken schweben.

Ich stand da und starrte praktisch auf mein Spiegelbild, das in langsam trocknenden Erdtönen gemalt war. Meine Haut war goldbraun. Wie hatte er den Farbton genannt? Helles Rehbraun. Es war ein sattes, erdiges Beige mit goldbraunen Akzenten. Meine Haut strahlte, als wäre ich wochenlang auf einer abgelegenen, tropischen Insel im Urlaub gewesen.

Auch wenn das Bild noch unvollendet war, so zeigte es doch eine Version von mir, die ich gerne sein wollte. Nackt, übersät mit Flecken in diversen Rottönen, als trüge ich die Riemen der Peitsche als Kleidung am Leib. Er hatte mir Rehaugen verpasst. Aber in meinen Pupillen lag ein teuflisches Funkeln. Meine Arme waren über meinem Kopf verschränkt, und ich blickte den Betrachter aus dem Gemälde heraus an.

Das ist es, was er mit mir angestellt hatte. Das hatten sie mit mir angestellt, Frank und Master Cornelius. Warum wollte ich sie verlassen?

Ein Geräusch von draußen veranlasste mich, den Blick von dem Gemälde abzuwenden. Mein Herz setzte einen Schlag aus, meine echten Rehaugen weiteten sich, als stünde ich im Scheinwerferlicht.

Die Stille wurde immer erdrückender. Bis ich merkte, dass das, was ich gehört hatte, weitergezogen war. Kaum hatte ich mich entspannt, hörte ich es erneut.

Es war ein Rütteln an der Tür. Als ob jemand versuchte

hereinzukommen. Ich nahm all meinen Mut zusammen, auch wenn ich mir keine Sorgen zu machen brauchte, dass ich mir ins Höschen machen könnte – denn ich trug keines.

Ich griff nach dem Knauf, entweder um die Tür zu öffnen oder um sie abzuschließen, das würde ich wohl nie erfahren. Sie schwang auf. Vor mir stand Kellie. Ich war so erleichtert, dass ich mich gegen sie fallen ließ.

„Duke ist hier."

„Ich weiß. Ich habe ihn gesehen." Kellie warf einen Blick über ihre Schulter. „Willst du abhauen?"

Ich nickte, und sie legte die Arme um mich. Ich drückte den Kopf an ihre vollen Brüste und benutzte sie als Schutzschild. Kellie umarmte mich fest, während wir an den Wänden des Clubs entlang schlichen.

Beinahe hatten wir den Ausgang erreicht. Ich konnte den roten Schein des Schildes über der Tür aufblitzen sehen. Dann spürte ich, wie sich ein Blick in meinen Rücken bohrte. Derselbe strenge Blick, den ich in den Monaten, seit ich ihn verlassen hatte, wieder und wieder gespürt hatte. Aber jedes Mal, wenn ich mich umgedreht hatte, war niemand da gewesen.

Als ich diesmal über meine Schulter blickte, war er da.

Duke lehnte an der Bar, den Hals einer Bierflasche zwischen den Fingern haltend. Seine hellgrauen Augen waren auf mich gerichtet. Wahrscheinlich hatte er mich auf dem Weg vom Spielzimmer zum Ausgang beobachtet und durch den Schutzschild von Kellies Brüsten gesehen.

Er rührte sich nicht von der Stelle. Das brauchte er auch nicht. Mein Körper reagierte bereits auf ihn.

Jede Zelle in mir drängte mich, umzukehren und zu ihm zu gehen. Jeder Gedanke befahl mir, zu ihm zu kriechen. Mein Selbsterhaltungstrieb war ausgeschaltet. Nicht aus Angst, sondern vor Verlangen nach dem, was er mir geben könnte. Absolute Besinnungslosigkeit.

Ich drückte mich fester an Kellie und ließ mich von ihr zur Tür hinausführen. Sie setzte mich in ein Taxi und stieg dann ebenfalls ein. Als sie die Autotür zugeschlagen hatte, begann ich zu hyperventilieren.

Kellie drückte meinen Kopf zwischen meine Beine und streichelte meinen Rücken. Sie redete beruhigend auf mich ein, aber ihre Worte drangen kaum zu mir durch. Die Taxifahrt durch die Stadt nahm ich überhaupt nicht wahr. Als Kellie mich aus dem Auto zog, waren wir an meinem Wohnhaus und schließlich in meinem Schlafzimmer.

Man drückte mir eine warme Tasse Tee in die Hand. Als die Tasse leer war, befanden sich drei Personen im Raum. Maree war ebenfalls gekommen.

„Du hast uns nie erzählt, was passiert ist", sagte sie. „Warum du ihn verlassen hast."

Nein, ich hatte ihnen diese Geschichte nie erzählt. Das hatte ich auch nicht vorgehabt. Denn die Frau, die sich in Duke verliebt hatte, war nicht die Frau auf Master Cornelius' Gemälde gewesen.

„Hat er dir *wehgetan*, Jo?", fragte Kellie. Mit *wehgetan* meinte sie die nicht so gute Art.

„Nein, das nicht. Obwohl es ihm gefiel, meine Grenzen auszureizen."

„Hat er diese Grenzen überschritten, nachdem du ihm dein Safeword genannt hast?", fragte Maree.

„Nein, ganz und gar nicht."

Kellie und Maree tauschten einen Blick aus. Dann sahen sie mich erwartungsvoll an. Ich musste es ihnen nun sagen, ob ich wollte oder nicht.

„Er ist der Grund, warum ich meinen Job bei Intel Corp. verloren habe."

„Ich dachte, du hättest gekündigt", sagte Maree.

„Das habe ich auch."

Wieder diese Blicke.

„Ich habe seinetwegen aufgehört. Er sagte mir, ich solle aufhören, nachdem er mich an sich gebunden hatte, und ich tat es. Ich habe einen Mann über meine Karriere gestellt."

Da, ich hatte es ihnen gesagt. Ich hatte meine größte Schande vor meinen besten Freundinnen zugegeben: dass ich mein Berufsleben von einem Mann hatte diktieren lassen. Ich hatte etwas gemacht, von dem wir uns geschworen hatten, dass wir es niemals tun würden.

„Ich habe meinen Traumjob gekündigt, weil mein Typ mir gesagt hatte, ich solle eine dieser doofen Frauen werden, die … Könnt ihr mal aufhören, euch solche Blicke zuzuwerfen!"

„Tut mir leid, Süße." Maree ergriff meine Hand. „Es ist nur so, dass ich mich gut an die Zeit erinnere, als du bei Intel Corp. gearbeitet hast. Wir haben dich kaum zu Gesicht bekommen."

„Weil ich immer mit Duke zusammen war."

„Nein, weil du immer im Büro warst", korrigierte Kellie mich. „Du hast 80, manchmal 90 Stunden pro Woche gearbeitet."

Jetzt warf ich meinen Freunden einen bösen Blick zu. Sie klangen genauso wie Duke damals. Waren sie etwa plötzlich auf seiner Seite?

„Maree, du hast in deinem alten Job auch so viele Stunden gearbeitet", gab ich zu bedenken.

„Das stimmt", erwiderte Maree. „Und es hätte mich fast umgebracht. Aber jetzt sorgt Kaiden dafür, dass weder ich noch Paul oder Sam so viel arbeiten müssen. Er sorgt dafür, dass wir genauso viel spielen – oder manchmal sogar mehr – wie wir arbeiten."

Ich hätte nicht versuchen sollen, eine Frau, die in drei Männer gleichzeitig verliebt ist, auf meine Seite zu ziehen. Zwei von ihnen waren ihre Chefs und hatten nicht nur ein Interesse daran, dass das Unternehmen Erfolg hatte, sondern auch, dass Maree mit ihnen die Karriereleiter erklomm. Ich wandte mich an Kellie, die gerade ihre Doktorarbeit schrieb.

„Was ist mit dir? Du bist ständig in der Bibliothek oder arbeitest an einem Referat und machst die Nächte durch, alles im Namen deiner Forschung. Verstehst du mich?"

„Dir ist doch klar, dass meine Forschungsthemen Sex und fleischliche Lust sind, oder?"

Ich stützte den Kopf in die Hände. Das waren ja tolle Freundinnen. Ich hatte ihnen mein tiefstes, dunkelstes Geheimnis gebeichtet, und sie stellten sich nicht auf meine Seite.

„Auch wenn Duke dir gesagt haben sollte, dass du aufhören sollst, du hast immer eine Wahl", sagte Kellie. „Wir haben immer eine Wahl, ob innerhalb des Clubs oder außerhalb im echten Leben."

„Ich bin froh, dass Duke dir gesagt hat, du sollst kündigen", sagte Maree. „Er hatte recht. Dieser Job hat dir Jahre deines Lebens geraubt."

„Du warst die Klügste im ganzen Unternehmen", fuhr Kellie fort. „Und ich weiß, dass sie dir nicht das gezahlt haben, was du wert bist."

„Steht die Intel Corp. nicht kurz vor dem Zusammenbruch?", fragte Maree.

Doch, das tat sie. Die meisten ihrer Kunden hatten mit Bugs und Viren zu kämpfen. Aber das hat man davon, wenn man einen frischen Code mit einem Webbrowser aus den 90ern kombiniert.

„Niemand sagt, dass du zu Duke zurückkehren sollst", sagte Kellie und legte einen Arm um meine Schultern.

„Ich gehe nicht zurück zu Duke", protestierte ich und atmete ihr würziges Parfum ein. Das stand überhaupt nicht zur Debatte.

„Er war vermutlich nicht einmal für dich da."

Ich spürte ein Stechen in der Brust. Etwas Intensives und

Grünes. Ich beherrschte mich und fragte sie nicht, ob sie meinen Ex mit einer anderen im Club gesehen hatte.

„Es war bestimmt nur Zufall, dass er heute Abend da war", beruhigte Maree mich. „Es ist viel Zeit vergangen, und ihr beide seid weitergezogen, oder?"

Diese Frage ließ ich unbeantwortet. Sie drängten mich nicht dazu, etwas zu erwidern, denn auch wenn sie sich im Laufe des Gesprächs nicht auf meine Seite geschlagen hatten, kannten sie mich besser als jeder andere Mensch. Sie kannten die Antwort auf diese Frage. Sie wussten auch, dass es das Beste war, mich mein Gesicht wahren zu lassen.

Weil ich nicht über meinen Ex hinweg war. Weil ich selbst jetzt noch zu ihm zurücklaufen und zu seinen Füßen niederknien wollte. Weil ich immer noch nach seiner Berührung, nach seinem nächsten Befehl lechzte.

Ich hatte meinen Beruf, meine Freundinnen und ein Stück von mir selbst aufgegeben, um bei ihm zu sein. Jetzt hatte ich den Job meiner Träume, die besten Freundinnen, die sich eine Frau wünschen konnte, und zwei Männer, die mich ebenso begehrten wie ich sie.

Ich hatte meine Entscheidung getroffen. Oder besser gesagt, meine Entscheidungen. Ich hatte mich entschieden, bei Frank und Master Cornelius zu sein. Mein Geist und meine Seele waren glücklich. Mein Herz konnte protestieren, so viel es wollte, denn das würde ich nicht aufgeben. Ich würde mich nie wieder für Duke entscheiden.

15

Ich hatte heute mein Höschen für große Mädchen angezogen. Einen roten Spitzentanga – die erste Farbe des Regenbogens. Ich hatte sieben in diesem Stil, eines für jeden Wochentag, in jeder Farbe des Regenbogens. Leider machte es mich nicht unbedingt mutiger.

Frank hatte mir schon heute Morgen Nachrichten geschickt. Gestern Abend hatte er damit begonnen, als Kellie und Maree bei mir gewesen waren. Maree hatte ihm geantwortet, um ihn wissen zu lassen, dass ich mit ihnen nach Hause gegangen war und dass es mir gut ging. Nachdem meine Mädels wieder gefahren waren, hatte ich das Handy ausgeschaltet. Schlafen hatte ich jedoch nicht können, sondern mich nur im Bett hin und her gewälzt.

Mein Körper war noch immer erhitzt von der Szene mit Master Cornelius und Frank. Meine Gedanken waren immer noch bei Duke und wie er mich von der anderen Seite des Clubs aus beobachtet hatte, als ich mit Kellie abgehauen war.

Warum war er nicht zu mir gekommen? Oder hatte mir bedeutet, zu ihm zu kommen? Hätte ich das getan? Hätte ich das gewollt?

Nein, natürlich nicht. Ich hatte meine Wahl getroffen.

Was hatte Duke bei seiner kleinen Unterhaltung zu Frank und Master Cornelius an der Bar gesagt? Hatte er ihnen von uns erzählt? Hatte Frank den beiden gesagt, dass er nicht mein richtiger Dom war?

Es war alles ein Riesen-Durcheinander. Ein Schlamassel, das ich selbst angerichtet hatte, weil ich meinen Master Cornelius behalten wollte – und meinen Frank ebenfalls. Und jetzt war Duke hier, um alles zu vermasseln.

Anstatt mich auf die drei Männer zu konzentrieren, widmete ich mich meiner Arbeit. Ich tauchte in die Welt der alphanumerischen Codes ein, die nicht auf der englischen Sprache beruhten. Sie wiesen eine ganz andere Logik auf, waren gefühlskalt, hart und sequentiell. Genau das, was ich jetzt brauchte.

Ich verbrachte einige Stunden damit, die Codes zu korrigieren. Bis es an der Zeit war, zu den administrativen Aufgaben meines Unternehmens überzugehen. Während der Stunden, in denen ich programmiert hatte, waren Unmengen von E-Mails eingegangen. Ich hatte die Idee von Inbox Zero aufgegeben, als ich noch bei Intel Corp. gearbeitet hatte. Ich konnte sie einfach nicht so schnell abarbeiten, wie sie reintrudelten.

Ich beantwortete so viele E-Mails wie möglich anhand von vorgefertigten Antworten. Einige dienten ohnehin lediglich der Dokumentation und bedurften nicht wirklich einer Bearbeitung. Ich stellte sicher, dass ich diverse Pseudonyme in die E-Mails kopierte, um den Anschein zu erwecken, dass mein Unternehmen größer sei.

Ich wollte mich gerade ausloggen, um ins Bad zu gehen – der unangenehme Geruch unter meinen Achseln, weil ich das Duschen vernachlässigt hatte, war nicht mehr zu ertragen –, als sich ein Chatfenster öffnete.

Sieht aus, als wärst du in meinem Hotspot. Ich hatte gehofft, eine Verbindung herzustellen und vollen Zugriff zu erhalten.

Der Name des Benutzers war *The Shogun*. Das war Franks Spitzname. Was er geschrieben hatte, klang so zweideutig, dass ich in Gelächter ausbrach. Ich lachte immer noch, als eine weitere Nachricht im Chatfenster auftauchte.

Hast du ein WLAN-Passwort, denn ich möchte mich mit dir verbinden?

Ich erwiderte: *Hast du das aus dem Internet kopiert und eingefügt?*

Du kannst jederzeit einen Trojaner auf meiner Festplatte installieren.

OMG Stopp! Du übertaktest meinen Prozessor. Ich grinste wie ein Schulmädchen, als die drei kleinen Punkte auf dem Bildschirm erschienen, die anzeigten, dass Frank gerade eine Antwort tippte.

Das verstehe ich nicht ... lautete sie.

Habe ich deiner Seite gerade einen 404-Fehler verpasst? schrieb ich.

Dieser unanständige Text ist ein wenig zu technisch für meinen Prozessor. Darf ich mich auf dein Interface setzen? Und dann: *Darf ich dein Gesicht sehen?* Sofort gefolgt von *Verdammte Autokorrektur!*

Der Vorschlag der Autokorrektur gefiel mir besser. Meine Finger schwebten zögernd über der Tastatur. Ein Fenster mit der Aufforderung, die Videofunktion zu aktivieren, ging auf. Das war es, was mir an Frank so sehr gefiel: Er fragte immer, bevor er sich einer Grenze näherte.

Ich holte tief Luft und drückte auf *Annehmen*.

Das Bild war zunächst unscharf. Aber dann war sein Gesicht klar und deutlich zu sehen. Er lächelte mich an. Es war nicht das Grinsen eines Doms, der wusste, dass er mich hatte. Es war das Lächeln eines Freundes, der sich einfach nur freute, mich zu sehen.

Und ja, dieser Freund hatte mich nackt gesehen. Er hatte seine Finger tief in meinem Interface vergraben und meine Schaltkreise dazu gebracht verrückt zu spielen. Ich konnte die Erinnerung an diese Szene in seinen Augen sehen. Aber wie immer drängte Frank mich nicht.

„Du siehst heute Morgen wunderschön aus, Josie."

Ich hatte den Pyjama von gestern Abend an. Meine Haare sahen aus wie ein Rattennest. Und ich trug nicht einmal ansatzweise Make-up. Warum zum Teufel hatte ich auf *Annehmen* gedrückt? Wahrscheinlich, weil Frank mich so akzeptierte, wie ich war.

„Es tut mir leid, dass ich gestern Abend einfach so abgehauen bin, ohne mich zu verabschieden", sagte ich.

„Du musst dich nicht erklären. Das war eine ziemlich intensive Szene. Ich kann verstehen, dass du dich danach an deine Freundinnen gewandt hast. Aber ich möchte, dass du weißt, dass du dich auch an mich wenden kannst."

„Als Freund?"

„Ich bin dein Freund, Josie."

„Warte mal." Ich rückte vom Bildschirm weg. „Willst du mit mir Schluss machen?"

„Als dein Freund, nein. Niemals. Als dein falscher Dom … Diesbezüglich finde ich, dass wir reinen Tisch machen müssen."

Ich verschränkte die Arme vor der Brust und hielt immer noch Abstand zur Kamera. „Weil du nicht mehr mit mir spielen willst?"

Das musste Duke gewesen sein. Was hatte mein Ex zu Frank und Master Cornelius gesagt? Hatte Duke behauptet, dass ich immer noch ihm gehören würde?

„Doch, ich will wieder mit dir spielen", erwiderte Frank. „Es hat mir große Freude bereitet, dich zu beobachten und dir zu dienen. Aber Neal ist ein Freund, und ich möchte ihn nicht anlügen."

„Weil du mich ganz für dich haben willst?“

Frank lächelte daraufhin, antwortete jedoch nicht, was genau er denn nun wollte. „Ich sehe gerne zu, wie du mit Neal spielst. Er weiß, wie er deinen Körper vor Lust zum Singen bringen kann.“

„Du willst also, dass wir alle zusammen spielen? Du, ich und Master Cornelius?“

„Ja, Josie, genau das will ich. Ich hatte keine Beziehung mehr, seit meine Frau gestorben ist. Ich möchte herausfinden, was zwischen uns ist. In echt. Keine Lügen. Nichts Vorgetäuschtes. Möchtest du das auch?“

„Ja.“ Für diese Antwort musste mein Prozessor nicht allzu lange beansprucht werden.

„Vielleicht können wir uns bald wieder zum Spielen verabreden? Ich, du und Neal. Oder auch nur du und ich auf einen Kaffee zum Reden.“

„Ach?“ Ich runzelte die Stirn in gespielter Enttäuschung. „Ich dachte, du wolltest vielleicht deinen USB-Stick in meinen USB-Anschluss stecken.“

Frank warf lachend den Kopf nach hinten. Oh, ich hatte vergessen, wie sehr ich dieses Lachen, diesen Anblick liebte. Jetzt wollte ich wissen, wie es sich anfühlte, ihn in mir zu haben, während er laut stöhnte.

„Ich würde dich heute Abend eigentlich gerne ausführen, aber ich treffe mich mit einem alten Freund zum Abendessen. Wir haben uns gestern Abend im Club wiedergesehen. Es ist der Mann, der die Peitsche für dich angefertigt hat. Er ist eigentlich der Grund, warum ich mich an Colton Corp. gewandt habe.“

„Was?“ Meine Stimme war kaum mehr als ein Flüstern, und langsam setzte ich die Puzzleteile zusammen.

„Er hat mir aus heiterem Himmel eine E-Mail geschickt, denn er hatte mitbekommen, dass ich Probleme mit der Intel Corp. hatte und empfahl mir dein Unternehmen. Sein Name ist Duke Scholt. Er erwähnte, dass er bereits mit dir zusammengearbeitet hat."

Darauf folgte eine lange Pause. Ich wusste, was Frank von mir erwartete, und so gab ich es ihm. „Ich habe die Website für seine Firma für maßgeschneiderte Peitschen erstellt."

„Dann hat Neal ihn damit beauftragt, eine maßgeschneiderte Peitsche nur für dich zu entwerfen. Und er war die Brücke zwischen uns beiden. Die Welt ist ganz schön klein."

Zu klein. Aber das sagte ich nicht. Ich sagte gar nichts. Ich konnte nicht. Meine Schaltkreise waren durchgebrannt bei all den Verbindungen, die hergestellt worden waren.

Ich musste dieses Gespräch beenden. Ich musste mich zurückziehen, weil ich mich umzingelt fühlte. Ich hatte die Invasion nicht einmal bemerkt, aber nun war ich eingekesselt.

Das Klingeln an der Tür war wie ein Gong in meinem Kopf. Es war ein klares Signal, dass meine Zeit abgelaufen war. Ich wusste ohne Zweifel, wer vor meiner Wohnungstür stand.

„Ich muss jetzt los, Frank."

„Arbeite nicht zu hart, Josie." Frank lächelte. Er streckte die Hand aus, um die Kamera auszuschalten. Und dann war er weg.

Ich starrte eine Weile auf den Bildschirm. Bis es erneut an der Tür läutete. Ich war in die Enge getrieben worden, und es gab kein Entrinnen. Es war an der Zeit, mich meiner Vergangenheit zu stellen. Als ich die Tür öffnete, musste ich mich an deren Rahmen festhalten, um beim Anblick meines alten Doms nicht auf die Knie zu sinken.

16

„Was gibt es Neues, mein Kätzchen?"
Ich presste die Hände gegen den Türrahmen. Ich hoffte, dass es aussah, als würde ich Duke daran hindern wollen, meine Wohnung zu betreten. Tatsache war jedoch, dass ich mich kaum aufrecht halten konnte.

Auf wackeligen Beinen stehend, lehnte sich mein Körper in seine Richtung. Erinnerungen an das Vergnügen, das dieser Mann mir bereitet hatte, stiegen vor meinem geistigen Auge auf und hätten beinahe einen Kurzschluss meines Prozessors verursacht. Meine Sicht war verschwommen, und ich versuchte krampfhaft, mich aus der Vergangenheit ins Hier und Jetzt zurückzubeamen.

„Was machst du hier?", fragte ich.

Mir war völlig klar, dass das eine total blöde Frage war. Aber das war alles gewesen, was meinem Gehirn eingefallen war, während es sich Dukes weichem Blick hingab. Er hatte es schon immer geschafft, mich mit seinen Blicken zu verwirren.

„Ich wollte dich sehen." Er lehnte sich an den Türrahmen. Er war weniger als einen Zentimeter von meinen Finger-

113

spitzen entfernt. Die Luft zwischen uns knisterte vor Spannung.

„Ich bin mit jemandem zusammen", sagte ich.

„Ich weiß."

Duke betrachtete mich von oben bis unten. Es war der besitzergreifende Blick eines Doms. Aber ich war verwirrt, weil er mich nicht berührte. Der Luftdruck zwischen uns wurde schwerer und schwerer. Doch dieser eine Zentimeter Raum blieb dennoch zwischen uns.

„Ich habe mich mit ihnen getroffen", sagte Duke.

„Ihnen?"

„Mit Frank, deinem Dom, und Neal, deinem Spielkameraden. Wenn ich zwei Partner für dich hätte auswählen müssen, hätte ich mich für genau diese beiden entschieden."

Hatte er das? Hatte er diese Partner für mich ausgesucht? Ich verdankte meinen Job bei Shogun eindeutig seiner Empfehlung. Er musste gewusst haben, dass Master Cornelius und ich miteinander spielten, da er den Auftrag erhalten hatte, die Peitsche in meinen Lieblingsfarben und -mustern anzufertigen.

„Du hast sie tatsächlich ausgewählt", sagte ich.

„Ich habe nur das getan, was du von mir verlangt hast."

„Ich habe dir gesagt, dass ich etwas Freiraum brauche", sagte ich.

„Und das habe ich dir gegeben."

Der Zentimeter zwischen uns fühlte sich gering und zugleich riesig an. Wie ein schmaler Pfad und ein breites Tal. Wir waren uns so nahe, dass er die Hand ausstrecken und mich an sich ziehen könnte. Gleichzeitig waren wir so weit voneinander entfernt, dass es sich anfühlte, als befänden wir uns auf zwei fernen Planeten und könnten einander nur durch Teleskope sehen.

Unter seinen Augen waren dunkle Ringe, als hätte er nicht geschlafen. Seine normalerweise makellos frisierten

Haare waren zerzaust, als wäre er wiederholt mit der Hand durch sie gefahren. Oder jemand anderes war mit der Hand hindurchgefahren. War sie der Grund dafür, dass er nicht schlief?

Eifersucht kroch meinen Hals hinauf und knabberte an meinen Ohrläppchen.

Welchen Grund hatte ich, auf eine andere Frau eifersüchtig zu sein? Ich wollte Duke nicht mehr. Ich hatte mich von ihm getrennt, weil er zu beherrschend gewesen war. Sie lag vermutlich gerade nackt an sein Bett gefesselt und wartete auf seine Rückkehr.

Schlampe.

„Bitte mich herein, Miezekatze."

Das Gefühl an meinen Ohrläppchen wanderte über meine Schultern und lief mir den Rücken hinunter. War er auf einmal ein Vampir geworden? Einer, der meine Erlaubnis brauchte, um hereinzukommen und mich zu vergewaltigen?

„Und wenn ich das nicht tue?", fragte ich.

„Dann werde ich wieder gehen", antwortete er.

Es war eine Drohung. Ich hatte nur keine Ahnung, was auf dem Spiel stand. Ich zögerte, und Duke lehnte sich nach hinten, als würde er sich darauf einstellen, tatsächlich zu gehen.

„Warte!" Ich streckte die Hand aus und bekam einen Zipfel seines Hemdsärmels zu fassen.

Schwerer Fehler.

Der Kontakt meiner Haut mit seiner war wie eine elektrische Ladung in meinem Körper. Alte Systeme erwachten zum Leben und wurden durch die Verbindung neu gestartet. Programme, die seit Monaten nicht mehr gelaufen waren, öffneten sich im Hintergrund und warteten darauf, aufgerufen und angewendet zu werden.

Ich wusste, dass er es sehen konnte. Ein Jahr lang hatte

der Mann meine Lust, meine Schmerzen und meine Befreiung studiert.

„Bitte mich hereinzukommen, Josie."

Ich schluckte schwer, aber dennoch kamen die Worte aus meinem Mund. „Möchtest du hereinkommen?"

Das leise Klacken der sich schließenden Tür hallte laut in meinem Kopf wider. Das war die falsche Entscheidung gewesen. Jeden Augenblick würde er sich auf mich stürzen, Forderungen stellen und Befehle erteilen – und ich würde es genießen. Ich hatte es immer genossen. Das war das Problem.

Duke würde mich vor Lust ertrinken lassen, bevor ich merkte, dass er mich erdrückte. Bevor ich merkte, dass ich mich schon wieder verloren hatte. Und diesmal würde er mich nicht mehr loslassen, wenn ich meine Eigenständigkeit zurückforderte.

Aber als ich mich zu ihm umdrehte, war Duke nicht hinter mir. Er hatte nicht einmal die Tür verlassen. Er lehnte weiterhin am Rahmen und beobachtete mich.

„Was tust du da?", fragte ich verwirrt.

„Du hast mich gebeten, in deine Wohnung zu kommen. Du hast mir nicht gesagt, dass ich in deinem Leben willkommen bin."

Meine Schultern sackten in sich zusammen. Ebenso meine Brüste, jetzt wo ihnen klar wurde, dass es keine Action geben würde. Ich war wütend, als ich merkte, dass ich immer noch Action von diesem Mann erwartete.

„Außerdem hast du einen neuen Besitzer. Und ich habe nicht seine Erlaubnis, mit dir zu spielen."

Das war es. Obwohl Frank und ich beschlossen hatten, Master Cornelius gegenüber reinen Tisch zu machen, wurde mir klar, dass diese Lüge im Moment das Einzige war, was Duke davon abhielt, wieder Anspruch auf mich zu erheben.

Verdammt, er würde nicht viel tun müssen, da der Pflock noch immer in meinem Herzen steckte.

Aber das wollte ich nicht. Ich wollte nicht zu ihm zurückkehren. Ich wollte nicht, dass er wieder die absolute Kontrolle über mein Leben hatte, einschließlich meines Berufslebens.

„Du siehst müde aus, Miezekatze."

„Ich habe gestern Abend gespielt."

„Ja, ich weiß. Mit der Peitsche, die ich für dich gemacht habe."

Dukes Blick wanderte über meinen Körper. Meinen vollständig bekleideten Körper in meinem schäbigen Pyjama. Das Grinsen, das seine Mundwinkel nach oben zog, verriet mir, dass er jeden Striemen sehen konnte, den sein Spielzeug auf mir hinterlassen hatte.

Dann wanderte Dukes Blick zu meinem Schreibtisch und dem Berg von Unterlagen darauf. Ich hatte das Bedürfnis, mich mit ausgebreiteten Armen davor zu stellen, um all das zu verbergen. Aber noch mehr als das wollte ich die Striemen und Flecken an meinem Körper vor ihm verbergen.

„Arbeitest du zu viel, Miezekatze?"

„Das geht dich nichts an. Ich gehöre dir nicht mehr."

Er hob fragend eine Augenbraue, aber er erwiderte nichts darauf.

„Ich habe mit dir Schluss gemacht", fuhr ich fort.

„Das weiß ich."

„Tust du das?"

Duke presste die Lippen aufeinander. „Das heißt aber nicht, dass ich aufhöre, mich um dich zu kümmern."

„Das musst du nicht tun."

„Doch, das muss ich."

„Ich will aber nicht, dass du das tust."

Duke zuckte mit den Schultern. „Du brauchst mich."

Ich machte einen Schritt nach hinten. Mein Hintern stieß

gegen meinen Schreibtisch, und ein paar Unterlagen flatterten in einer endlosen Kaskade nach unten. Ich würde eine Stunde brauchen, um das wieder in Ordnung zu bringen. Ich bückte mich, um den Stapel aufzuheben.

„Lass es!", befahl Duke.

Auf seinen Befehl hin zog ich meine Hand von den Unterlagen weg. Ich drehte mich um und starrte ihn an. Ich hatte mich bereits nach unten gebeugt, und mir wurde in dieser Haltung schwindlig. Ich sank auf die Knie.

Nicht aus Unterwürfigkeit. Weil ich erschöpft war. Ich hatte mich die ganze letzte Nacht vor Angst vor diesem Wiedersehen hin und her gewälzt. Ich hatte mich heute Morgen sehr angestrengt, um meine Ängste zu verdrängen. Und jetzt brach alles über mir zusammen.

Ich spürte eine starke Brust an meinem Rücken, deren Geruch mir so vertraut war wie mein Kinderzimmer, in dem ich mich sicher und umsorgt gefühlt hatte. Ein Paar Arme legte sich um mich und hielt mich fest und sicher.

Ein paar Sekunden lang spürte ich lediglich Erleichterung. Ich wusste, dass ich nichts zu tun brauchte. Dass Duke sich um alles kümmern würde und ich nur noch fühlen müsste.

Ich hatte dieses Gefühl vermisst. Diese Art von Glückseligkeit, die nur durch seine Anwesenheit ausgelöst werden konnte. Mein Körper wollte sich ihm völlig hingeben. Doch als er seine Finger unter meinem Brustbein verschränkte, protestierte mein Verstand.

„Lass mich los!"

Duke seufzte. Die heiße Atemluft, die seinen weichen Lippen entwich, fuhr über meine Ohrmuschel und jagte mir einen warmen Schauer über den Rücken. Und schließlich bescherte sie mir eine heiße Klitoris.

Ich musste nicht nur gegen ihn kämpfen, sondern auch gegen meinen Körper und sein Verlangen.

Duke ließ mich langsam los. Einer nach dem anderen lösten sich seine Finger. Er zog seine Brust von meinem Rücken. Der Verlust seiner Wärme ließ meinen ganzen Körper erkalten.

Welches Spiel spielte er da?

„Frank und Neal sagten, du seist glücklich", sagte Duke und richtete sich auf. „Ich wollte mich persönlich davon überzeugen."

Mein Gehirn war immer noch verwirrt, weil mir erst heiß und dann kalt geworden war. Sie hatten also über mich gesprochen? Was genau hatte Duke ihnen erzählt? Und wie viel von diesen neuen Gegebenheiten in meinem Leben hatte er eingefädelt?

Als mein Gehirn wieder hochgefahren war und ich mich aufgerichtet hatte, war Duke weg. Aber verdammt, ich hatte ihm das durchgehen lassen.

Hatte Duke das alles eingefädelt? Von meinen Spielen mit Master Cornelius bis zu meinem Job für Frank? Ich dachte, ich hätte hierbei die Kontrolle gehabt. Aber spielte ich immer noch nach Dukes Regeln?

Ich brauchte Antworten, und es gab nur zwei Männer, die sie mir würden geben können. Frank war noch bei der Arbeit, also würde ich mit Master Cornelius anfangen.

17

Ich fuhr zum Club, wusste jedoch, dass das nichts bringen würde. Er war nur an den Wochenenden geöffnet, und heute war Dienstag. Trotzdem hämmerte ich gegen die Tür.

Nach etwa fünf Minuten lauten Klopfens wurde sie endlich geöffnet. Der Mann vom Sicherheitsdienst weigerte sich allerdings, mir die Kontaktdaten von Master Cornelius zu geben. Natürlich tat er das, denn diese waren vor allem in einem Sexclub heilig.

Master Cornelius und ich spielten nun schon seit Monaten miteinander, aber ich hatte ihm nie meine Nummer gegeben und auch nicht daran gedacht, ihn nach seiner zu fragen. Wir hatten uns immer nur im Club gesehen und dann miteinander gespielt. Ich wollte ihn nun außerhalb des Clubs sehen, hatte jedoch keine Ahnung, wie ich ihn kontaktieren sollte.

Oder vielleicht doch? Schließlich war ich ein Computerfreak, und in manchen Kreisen hätte man mich sogar für ein Genie gehalten. Aber für diese Suche brauchte es keinen Genie-Status.

Ich zückte mein Handy und suchte nach *Cornelius*. Das führte jedoch zu nichts.

Dann versuchte ich es mit *Neal*, erhielt jedoch nur Suchergebnisse mit alten Männern und Studenten.

Dann kombinierte ich die Namenssuche mit dem Wort *Künstler* und – Bingo! Ich stieß auf ein Atelier, das einem Cornelius Rhule gehörte. Sofort machte ich mich auf den Weg dorthin.

Es war schon später Abend, als ich in das Lagerhausviertel einfuhr. Dort reihten sich Backsteingebäude mit metallenen Garagentoren aneinander. Ich parkte vor einer der nummerierten Einfahrten und wusste ohne jeglichen Zweifel, dass ich am richtigen Ort war.

Selbst im schwächer werdenden Tageslicht erkannte ich, dass hier ein Künstler lebte und arbeitete. Die Tür war eine wahre Farbexplosion, die sich von dem tristen Grau der anderen Häuser abhob. Elegante Graffitis – wenn das kein deutliches Zeichen war, dann wusste ich nicht, was es sonst sein sollte – waren auf den Backstein gesprüht. Als ob das nicht schon genug wäre, hatte der Türklopfer die Form einer Katze mit neun Schwänzen, die über das Guckloch hingen.

Ich klopfte mit den Fingerknöcheln an die Tür, anstatt den Klopfer zu benutzen. Ein paar Sekunden später öffnete Master Cornelius sie in Jeans und T-Shirt. Ich brauchte einen Augenblick, um ihn in dem eng anliegenden Kleidungsstück zu erkennen, das sich nicht wie seine üblichen Piratenhemden um seinen Oberkörper bauschte. Er schien überhaupt nicht überrascht oder verärgert zu sein, mich zu sehen.

„Wie geht es dir heute Abend, Josephine?"

Ich war kurz davor, meine übliche Antwort aufzusagen, so sehr war ich an dieses Drehbuch gewöhnt. Aber das war nicht der Grund, warum ich hergekommen war. „Ich muss mit dir reden."

„Komm rein." Master Cornelius öffnete die Tür weit. „Die gesamte Gang ist bereits hier."

Gang? Welche Gang? Ich bog um die Ecke und sah Frank mit einem Gamecontroller in den Händen auf der Couch sitzen. Er hatte seine Anzugsjacke ausgezogen und die Ärmel seines Hemdes bis zu den Ellbogen hochgekrempelt.

Frank strahlte, als er mich erblickte. „Josie! Bist du zum Spielen gekommen?"

Sein Blick wanderte an meinem Körper hoch und runter und hinterließ bei mir ein warmes Gefühl der Vorfreude auf das Vergnügen, das er mir sicherlich bereiten wollte. Mein Körper erhitzte sich an jeder Stelle, an der seine Augen hängenblieben, wodurch sich eine feurige Spur bildete. Dann hielt Frank einen weiteren Gamecontroller hoch.

„Es ist ein Multiplayer-Spiel", sagte er, und mir wurde klar, dass er ein Computerspiel gemeint hatte. „Du kannst unser vierter Spieler sein."

„Der Vierte?", fragte ich.

Ich musste mich nicht umdrehen. Das war gar nicht nötig. Ich wusste genau, wer in der anderen Ecke des Zimmers saß.

„Hey, Miezekatze."

Und tatsächlich, Duke saß mit ausgestreckten Beinen auf einer weiteren Couch. Er hatte die Hände in den Schoß gelegt, und ein Joystick ruhte auf seinen Knien.

Hier hingen sie also alle ab – ohne mich. Aber das war es doch auch, was ich wollte. Oder? Ich wollte meine Autonomie, wollte nach jeder Szene für mich sein. Aber als ich mir diese gemütliche Runde ansah, wollte ich ein Teil davon sein.

Duke hatte Master Cornelius natürlich nichts von mir und Frank erzählt. Ebenso wenig hatte er ihnen von uns beiden erzählt. In diesem Zimmer schwirrten so viele Geheimnisse herum, dass mir schwindlig wurde.

„Na klar, ihr beide kennt euch ja", sagte Frank, den Blick

weiterhin auf den Bildschirm gerichtet, während er gegen einen Troll kämpfte. Im Gegensatz zu den meisten Spielern dieses Computerspiels hatte Frank einen männlichen Avatar anstelle eines Weiblichen, der nach mir gestaltet war, gewählt. „Sie hat seine Website erstellt."

Das war an Master Cornelius gerichtet, der seinen Platz neben Frank wieder eingenommen hatte. Er hatte den weiblichen Avatar gewählt, der genauso aussah wie ich. Allerdings mit größeren Brüsten und breiteren Hüften. Pfft, Männer.

„Tatsächlich?", fragte Master Cornelius, als er den Troll gemeinsam mit Frank zu Fall brachte. „Dann sollte ich sie bitten, meine für meine nächste Ausstellung erstellen."

„Das solltest du tun", sagte Duke. „Unsere Josie ist sehr talentiert. Aber ich glaube, mit Frank hat sie im Moment genug zu tun."

„Entschuldigung", mischte ich mich ein, genervt darüber, dass alle nur in der dritten Person über mich sprachen. Ich richtete meine Aufmerksamkeit und meinen Zorn auf Duke, der eindeutig der Drahtzieher dieser ganzen Sache war. „Du besitzt mich nicht mehr. Du kannst mir also nicht vorschreiben, für wen ich zu arbeiten habe und für wen nicht."

Ein furchtbares Gebrüll ertönte aus der Spielkonsole, als ein Troll seine Keule hob und sowohl Franks als auch Master Cornelius' Kopf abschlug. Keiner der beiden schien seinen virtuellen Tod zu bemerken, denn ihre Finger waren an den Controllern erstarrt und ihre verblüfften Blicke auf mich gerichtet.

„Ich will nicht, dass du dich überarbeitest, mein Kätzchen", sagte Duke mit einer arroganten Nonchalance, die mich maßlos ärgerte. Er konzentrierte sich auf den Bildschirm, wo seine Figur, ein bulliger Riese, einen Krummsäbel gegen den Troll schwang und ihn ebenfalls köpfte. „Neal kann ein paar Wochen warten, bis du das Chaos aufgeräumt hast, das Intel Corp. bei Frank hinterlassen hat."

Ich war mir nicht sicher, was an dieser Aussage mich mehr ärgerte: die Tatsache, dass Duke mir wieder einmal vorschrieb, wie ich mein Berufsleben zu führen hatte, oder dass er meinte, ich würde Wochen und nicht Tage brauchen, um meine Arbeit für Shogun abzuschließen.

„Das ist genau der Grund, warum ich dich verlassen habe", sagte ich. „Du willst jede Facette meines Lebens kontrollieren."

„Es gibt einige Aspekte deines Lebens, die ich besser im Griff habe als du." Duke schwang sich auf einen neuen Troll, der von hinten gekommen war, und machte ihn kalt, indem er dessen Arme von seinem Körper trennte.

„Wie meinen Job? Du hast mich dazu gebracht zu kündigen!"

Duke legte den Kopf schief, halb zustimmend, halb andeutend: *nicht ganz.* „Ich habe dir gesagt, dass ich möchte, dass du kündigst. Weil man dich dort ausgenutzt hat, und ich dulde es nicht, dass jemand das der Frau, die ich liebe, antut."

Das ließ mich aufhorchen. Viele Männer und auch ein paar Frauen hatten mir ihre Liebe erklärt. Meistens war das im Rausch der Leidenschaft geschehen. Duke war der einzige Mann, der es mir jemals bei vollem Bewusstsein gesagt hatte.

„Du hast ein Safeword, Kätzchen. Du hättest Nein sagen können. Aber das hast du nicht. Was bedeutet, dass du mir in gewisser Weise recht gegeben hast. Und du hast schließlich gekündigt."

Ich wollte entgegnen, dass das nicht der Fall gewesen war. Er hatte mich zum Kündigen gedrängt. Er hatte es erwähnt, ja. Vielleicht nicht jeden Tag, aber sehr oft. Auf jeden Fall mehr als einmal.

„Ich habe dir gesagt, dass du besser dran wärst, wenn du dein eigenes Unternehmen gründen würdest. Und ich hatte recht."

Duke hatte das gesagt. Auf jeden Fall mehr als einmal.

„Trotz des Erfolgs deines neuen Unternehmens bist du immer noch überarbeitet, gestresst und gönnst dir selten etwas. Also musste ich einspringen und dir diese zwei hier zugutekommen lassen."

Duke nickte in die andere Richtung, hin zu den immer noch staunenden Frank und Master Cornelius.

„Ich wusste es", erwiderte ich. „Du hast das alles inszeniert."

„Inszeniert ist vielleicht etwas zu viel gesagt", sagte Duke. „Ich fand heraus, dass du mit Neal spielst …"

„Herausgefunden?", fragte ich. „Ich wusste es. Ich wusste, dass du mich stalkst."

„Stalking ist etwas zu viel gesagt. Ich habe gesehen, wie du wiederholt mit Neal gespielt hast, und mir gefiel seine Peitsche nicht. Also habe ich sie upgegraded."

Den letzten Satz hatte er zu Master Cornelius gesagt. Dieser brauchte eine Sekunde, aber schließlich erwiderte er: „Sie hat besser auf die Peitsche reagiert, die du gemacht hast."

Ich starrte Master Cornelius an. Er zuckte mit den Schultern, als wollte er sagen: *So ist es nun mal.* Es stimmte, ja, aber das war nicht der Punkt. Der Punkt war, dass Duke sich in unser aller Leben eingemischt hatte.

„Meine Miezekatze bekommt nur das Beste."

„Du bist total krank", sagte ich.

„Weil ich möchte, dass du glücklich bist? Weil ich mich um dich kümmern will?"

„Wir haben Schluss gemacht." Ich sprach jedes dieser Worte langsam und laut aus, in der Hoffnung, dass sie dieses Mal vielleicht in Dukes Dickschädel eindringen würden.

„Du hast mir gesagt, dass du Freiraum brauchst", sagte er. „Ich habe dir Freiraum gegeben."

„Du sitzt jetzt hier!"

„Weil ich nicht aufhören werde, mich um dich zu kümmern."

„Das ist Besessenheit.“

„Besessenheit ist, wenn man nicht will, dass jemand anderes das Objekt seiner Begierde bekommt. Liebe ist, wenn man das Beste für es will. Sie …“ Er deutete auf Frank und Neal, die jetzt beide aufgestanden waren, „sind das Beste.“

„Du hast mir meine Wahlmöglichkeit genommen.“

„Nein, das habe ich nicht. Du hattest immer die Kontrolle. Du hast mit Neal für jede Szene genau das ausgehandelt, was du wolltest. Du hast vorgegeben, dass Frank dich besitzen würde, bis es anfing, echt zu werden. Das waren deine Entscheidungen. Ich habe dir nur die besten Möglichkeiten aufgezeigt.“

„Moment mal, Moment mal“, mischte sich Master Cornelius ein und hob die Hände. An seinen Fingerspitzen waren rote Farbkleckse zu sehen, als er zwischen mir und Frank hin und her wedelte. „Was soll das heißen, sie hat es vorgegeben?“

18

„*D*u hast nur so getan, als wärst du ihr Dom?"

Nun waren Frank und ich zur Zielscheibe geworden.

„Sie gehört dir gar nicht?", fuhr Master Cornelius fort.

Frank presste die Lippen aufeinander, als ob er es nicht zugeben wollte. „Genau genommen nein, sie gehört mir nicht."

„Gehört sie auch nicht dir?" Master Cornelius zeigte mit dem Daumen auf Duke.

Auf der Außenseite seines Handgelenks befand sich ein violetter Fleck. Mein Blick wanderte von dem roten Fleck auf seinem Daumen zu dem violetten Fleck auf seinem Handgelenk. Die beiden Enden eines Regenbogens. Ich fühlte mich wie eine Kugel, die in einem Pendel hin und her schwingt.

„Nein", antwortete Duke. „Genau genommen tut sie das nicht."

Ich warf ihm bei der Verwendung des Ausdrucks *genau genommen* einen bösen Blick zu.

„Wem gehörst du dann?" Diese Frage hatte Master Cornelius an mich gerichtet.

„Ich gehöre mir", erwiderte ich. „Und so soll es auch bleiben."

Daraufhin herrschte absolute Stille. Ich kam mir vor wie ein Reh, das inmitten von drei Löwen steht, die sich die Lefzen lecken. Ich beschloss, mich auf Master Cornelius zu konzentrieren, da er derjenige war, der als Letzter gebrüllt hatte.

„Ich dachte, du wolltest mich an dich binden, aber ich wollte das nicht. Ich wollte nur mit dir spielen. Aber ich dachte, du würdest nicht mehr mit mir spielen wollen, wenn ich dein Angebot, mich zu besitzen, ausschlagen würde. Also habe ich Frank gebeten, so zu tun, als würde ich ihm gehören, damit wir weiter miteinander spielen können."

Master Cornelius nickte bedächtig. Er senkte langsam die Hände, nickte dabei jedoch weiterhin. Dann saugte er an seiner Oberlippe, bevor er schließlich fragte: „Warum dachtest du, dass ich dich an mich binden will?"

„Weil du eine Beule in deiner Hose hattest."

„Josephine, jeder Mann, der auf der Straße an dir vorbeigeht, bekommt eine Beule in seiner Hose."

„Ich dachte, es wäre ein Halsband. Aber es stellte sich als Farbe heraus."

Wieder nickte Master Cornelius bedächtig. Er grinste nicht. Er pirschte sich nicht an mich heran. Ich hatte keine Ahnung, was sein Gesichtsausdruck zu bedeuten hatte.

„Wir wollten es dir sagen", versuchte Frank zu beschwichtigen.

„Ja", beeilte ich mich hinzuzufügen. „Das wollten wir. Wir haben heute Morgen darüber gesprochen. Wir waren uns einig, es dir zu sagen, wenn wir dich das nächste Mal sehen, weil … Nun, weil ich weiter mit dir spielen wollte … und mit Frank."

Master Cornelius nickte erneut. Dann zuckte er mit den Schultern. „Das macht nichts.“

Das war nicht die Reaktion, die ich erwartet hatte. Ich hatte mit Gebrüll gerechnet, mit einem Wutausbruch. „Es macht nichts?“

„Nein, es macht nichts. Denn ich hatte ja immer die Erlaubnis, mit deinem Körper zu machen, was ich wollte.“

Bei dieser Bemerkung wurde mir ganz warm ums Herz. Am liebsten hätte ich mich auf den Boden gelegt, mich auf den Rücken gerollt und dieser Raubkatze meinen weichen Bauch dargeboten.

„Aber Duke hat recht“, fuhr Master Cornelius fort. „Du arbeitest zu viel.“

Daraufhin stellten sich mir die Nackenhaare auf. „Wie bitte?“

„Ich verstehe kaum etwas, wenn du mir erzählst, was du an deinem Arbeitstag alles gemacht hast“, sagte Master Cornelius. „Aber es ist immer eine lange Liste. Du brauchst nicht noch mehr Aufgaben. Ich werde mir jemand anderen suchen, der meine Website erstellt.“

„Dann erhältst du nur einen zweitklassigen Service“, erwiderte ich entrüstet. Wahrscheinlich würde er an einen Anfänger geraten, der nicht einmal die Grundlagen von HTML beherrscht und irgendein Boutique-Webdesign-Programm für die Erstellung seiner Website verwendet. „Außerdem bin ich gut im Multitasking.“

„Oh, ich weiß, dass du das bist, Josephine.“ Ein Grinsen breitete sich auf Master Cornelius’ Gesicht aus. „Das werden wir jetzt gleich beweisen.“

Master Cornelius umkreiste mich langsam. Erst als er mich vollständig umrundet hatte, wurde mir bewusst, dass er *wir* gesagt hatte.

„Ich werde dich auspeitschen“, sagte er. „Aber weil du und

Frank mich in die Irre geführt habt, werde ich deinen ersten Orgasmus hinauszögern."

Frank stieß einen erstickten Laut der Missbilligung aus.

Master Cornelius sah seinen Freund mit hochgezogener Augenbraue an. Ich wusste, was diese hochgezogene Braue bedeutete. Es bedeutete, dass er beschließen konnte, die Strafe zu verschärfen.

Frank holte tief Luft, als ob er über andere mögliche Bestrafungen nachdachte. Er musste entschieden haben, dass diese Strafe hart genug war, denn schließlich nickte er.

„Zieh dich aus, Josephine!"

„Warte mal! Was?"

„Heute Abend wirst du bestraft, bevor du deine Belohnung erhältst."

„Meine Belohnung?"

„Ich werde deine Haut mit meiner Peitsche rot anmalen. Eine ungerade Anzahl an Schlägen und Stichen. Auf deinen Brüsten, deinem Arsch und deinen Schenkeln. Aber ich werde dich 30 Minuten lang nicht kommen lassen. Dann werden Frank und ich dich kommen lassen, bis du ohnmächtig wirst. Sag Nein, Josephine."

Ich schwieg. Denn ich wusste, Nein zu sagen, mein Safeword, wäre die falsche Antwort.

„Braves Mädchen. Klamotten aus! Sofort!"

Meine Finger zitterten, als ich gehorchen wollte. Wie hatte sich das Blatt zu meinen Gunsten gewendet?

Master Cornelius war nicht wütend. Nicht wirklich. Ich wollte diese Art der Bestrafung. Ich wusste, dass ich etwas Schlimmeres verdient hatte.

Ich spürte Franks Blick auf mir, während ich mich auszog. Er stand zu meiner Linken. Das Blau in seinen Augen veränderte sich, als er jedes einzelne Kleidungsstück betrachtete, das von meinem Körper fiel. Ich hatte bislang nicht bemerkt, dass er ein paar Zentimeter größer war als ich. Ich fühlte mich klein unter seinem Blick. Klein, aber nicht ohnmächtig. Sein Ausdruck verriet mir, dass er mich in luftige, lustvolle Höhen steigen lassen würde. Nach der Bestrafung.

Meine Lippen zitterten. Meine Knie bebten. Ich versuchte, mich zusammenzureißen, aber ich sah, wie Master Cornelius mich von der anderen Seite her bedrängte. Er hatte diesen glühenden Blick, den er immer hatte, wenn er eine besonders unanständige Szene für mich plante. Master Cornelius' Schritte waren die eines selbstbewussten Doms.

„Darf ich Sie Neal nennen?", fragte ich, des Denkens müde, und noch mehr des Aussprechens seines vollen Namens.

„Nein", antwortete er.

Master Cornelius legte einen Zeigefinger auf meine Schulter. Seine Berührung war so leicht wie eine Feder. Dennoch ging ich in die Knie.

Meine Schultern entspannten sich. Mein Kopf fiel zur Seite. All der Stress und die Anspannung flossen aus meinem Körper in den Teppich.

In diesem Moment hob ich den Kopf und erblickte Duke. Er saß wieder an seinem vorherigen Platz. Er kam nicht näher. Er gab keinen Laut von sich. Er sah einfach nur zu.

Ich hätte Angst empfinden müssen. Hier war ich wieder in der gleichen Situation, vor der ich weggelaufen war. Duke hatte mir meine Selbständigkeit nicht zurückgeben wollen. Er hatte meine totale Unterwerfung gefordert. Jetzt sah er zu, wie ich meinen Körper, meinen Verstand und ein wenig von meinem Herzen den beiden Männern, die über mir standen, überließ.

Ich vertraute Frank und Master Cornelius. Ich wusste, dass sie mich wieder zu mir zurückbringen würden, wenn diese Szene vorbei sein würde.

Zurück zu mir? Zurück in meine Wohnung, wo ich allein sein würde. Zurück zu dem Berg von Unterlagen, der sich immer noch unter und auf meinem Schreibtisch stapelte.

Daran wollte ich jetzt nicht denken. Alles, was ich wollte, war das Vergessen, das diese Männer mir anboten. Also brachte ich diesen Teil von mir zum Schweigen und tat nur, was sie von mir verlangten.

Ich wollte ausgepeitscht werden, bis ich kurz davor sein würde, vor Ekstase ohnmächtig zu werden. Ich wollte ihre Hände auf mir, verdammt, ich wollte ihre Schwänze in mir haben.

„Ich bin bereit zu verhandeln, Sir."

Master Cornelius schüttelte den Kopf. „Dieses Recht hast du verwirkt, Josephine. Wir übernehmen das jetzt."

Daraufhin machte sich Angst in mir breit. Was würden sie mit mir anstellen? Was, wenn ich das nicht wollte? Aber die Angst war nur ein leises Flüstern im Vergleich zu dem Vertrauen in diese beiden Männer.

„Duke", sagte Master Cornelius, „sie gehörte einst dir. Sag mir, was sie in den Wahnsinn treiben wird."

Dukes Blick begegnete dem meinen. Er grinste dieses Dom-Grinsen, das besagte, dass er die Kontrolle innehatte. Dass er immer die Kontrolle innegehabt hatte und die Leine, die ich mir bereitwillig um den Hals hatte legen lassen, nie von mir genommen worden war.

„Sie ist anal trainiert."

Dukes Stimme segelte von oben herab, wie in einem Traum. Wie in den Sexträumen, die ich von ihm gehabt hatte, seit ich ihn verlassen hatte. In diesen Träumen hatte er immer die wunderbarsten Dinge gesagt.

Sie hat eine Vorliebe für Nippelklemmen.

Bei Anilingus schnurrt sie wie eine Katze.

Doppelte Penetration ist ihre Lieblingsbelohnung.

„Frank, nimm dir ihren Arsch vor. Neal, peitsche ihre Muschi aus, bis sie vor Nässe trieft."

Ein lauter Schrei ertönte. Einen Augenblick später wurde mir klar, dass er von mir gekommen war. Das war kein Schmerzensschrei gewesen, sondern der Schrei einer Frau, die auf dem Grund eines Brunnens liegt und am Ertrinken ist. Ein sintflutartiger Sturm war im Anmarsch.

„Sie hat mir gesagt, dass sie nicht will, dass ich mit meinem Schwanz in sie eindringe", sagte Frank.

Wieder ertönte ein Schrei. Diesmal klang er gequält. Als ob erst jetzt das wahre Leiden beginnen würde.

„Hast du es dir anders überlegt, Josie?", fragte Frank. „Wirst du mich in dich eindringen lassen?"

Meine Antwort bestand aus einem zittrigen Atemzug. Frank stellte sich hinter mich. Aber Master Cornelius' ausgestreckte Hand hielt ihn auf.

„Nein, sie kennt die Regeln. Sie muss die Worte aussprechen. Laut und deutlich. Jetzt sofort. Bevor wir die Verhandlung beendet haben."

Ich schluckte. Beziehungsweise versuchte ich zu schlucken. Meine Zunge war so geschwollen vor Verlangen, dass ich die Worte kaum herausbrachte.

„Bitte", flüsterte ich. „Bitte, darf ich Ihren Schwanz in mir haben, Sir?"

Drei teuflisch grinsende Gesichter blickten jetzt auf mich herab. Master Cornelius und Frank standen jeweils links und rechts von mir. Ich war umzingelt. Duke war immer noch auf seinem Platz auf der anderen Seite des Zimmers. Er hatte sich nicht näher an mich herangewagt.

Das brauchte er auch nicht. Er hatte bereits bewiesen, dass seine Besitzrechte immer noch galten. Er hatte mich gerade genug von der Leine gelassen, um mich auch an diese beiden Männer zu binden.

19

*D*as seidige Gefühl einer Zunge an meinen Schamlippen ließ meine Lider schwer werden. Ich lag mit dem Gesicht nach unten auf dem Bett. Meine Schenkel waren über Franks Gesicht gespreizt, und er lag unter mir und leckte abwechselnd an meinen Schamlippen und an meiner Klitoris.

Bestimmt ertrank Frank beinahe in meinen Säften, denn er machte schlürfende Geräusche und leckte unermüdlich. Ich stand kurz vor einem Orgasmus, als er sich zurückzog und auf mein erhitztes Geschlecht blies, was mir einen Hirnfrost zwischen den Beinen bescherte.

Also Muschifrost. Gab es so etwas überhaupt? Ja, das gab es, denn ich erlebte es gerade.

Plötzlich hörte ich einen lauten Knall, und die eisige Kälte verflog mit einem Mal. Ich zuckte zusammen, als die Riemen der Peitsche in meine rechte Arschbacke stachen. Mein Hintern war nach oben gereckt und stand Master Cornelius voll und ganz zu Diensten. Er peitschte mich gnadenlos aus, und meine Vagina krampfte sich bei jedem präzise ausgeführten Schlag zusammen.

Vorbei war der Muschifrost. Mein Geschlecht brannte bei jedem Schlag der Quasten. Aber Franks Zunge kühlte das Feuer jedes Mal, wenn es drohte, zu stark zu werden, wieder ab.

Es war zum Verrücktwerden. Das Blut strömte wie ein rauschender Fluss durch meine Adern, und ich hatte buchstäblich einen Kurzschluss.

Ich wollte so sehr kommen. Das Blut strömte in meinen Kitzler, den Rufen von Franks Lippen und Zunge folgend. Aber gerade, als ich die Schwelle überschreiten wollte, schlug Master Cornelius mit der Peitsche zu und entriss mir den Orgasmus. Ich war kurz davor durchzudrehen, aber sie ließen mich einfach nicht explodieren.

„Bitte", flehte ich.

Ich zitterte, als meine immer wieder unerfüllt bleibenden Empfindungen mich auseinander zu reißen drohten. Und dann hörte es auf einmal auf. Die Peitsche fiel mit einem dumpfen Schlag auf das Bett.

„Deine Bestrafung ist vorbei, Josephine. Zeit für deine Belohnung. Was willst du?"

Mein Gehirn war überlastet und auf die grundlegendsten Arbeitsabläufe reduziert. Das einzige Wort, das ich aussprechen konnte, war *Bitte*. Etwas anderes konnte ich nicht von mir geben.

Da begegnete mein Blick dem von Duke. Er lehnte an der Tür des Schlafzimmers. Ähnlich wie damals, als er in meine Wohnung gekommen war, befand er sich knapp außerhalb meines Blickfeldes.

Er sah mich wie immer an, mit einem Ausdruck, der besagte: *Ich weiß es besser als du*. Das hätte mich wütend machen sollen. Aber ich hatte nicht die Kraft, um wütend zu sein. Ich wollte nur befriedigt werden.

Ich kniete auf dem Bett, die Schultern nach unten gerichtet, den Kopf gesenkt, den Hintern nach oben gereckt. Die perfekte Pose der Unterwerfung.

Die drei hätten mit mir machen können, was sie wollten. Stattdessen warteten sie. Sie warteten darauf, dass ich mehr von mir preisgab.

Ich schloss die Augen und stieß einen leisen Seufzer aus. Als ich wieder atmen konnte, öffnete ich die Augen und nickte Duke kurz zu. Das reichte.

„Dring in ihre süße Muschi ein, Frank. Neal, schmier ihren Anus ein und nimm ihn dir."

Ja, das war genau das, was ich wollte. Genau das, was ich brauchte. Nicht nur die zwei harten, langen Schwänze, die in meine beiden Öffnungen eindrangen. Es war die Übertragung von Macht, die mich erregte.

Ich wurde schwerelos, als Frank seinen pulsierenden Schwanz in meine Vagina schob. Ich wurde schlaff, als Master Cornelius seinen fordernden Schwanz in meinen Arsch rammte. Es war so lange her, dass ich ausgefüllt worden war, dass ich mir vorkam wie eine Jungfrau. Ich brach zusammen, sobald sie in mir waren.

„Frank, reib ihre Klitoris. Neal, zieh an ihren Haaren. Fester! Genau so. Sie braucht es fest und hart."

Duke hatte recht. Sanftheit brachte mich nicht zum Höhepunkt. Ich brauchte einen härteren Kick, einen elektrischen Stromschlag, der mich zum Überspringen brachte. Master Cornelius stieß tief zu, zog dabei an meinen Haaren und riss meinen Kopf nach hinten. Ich war kurz vor dem Orgasmus, aber nicht ganz. Erst Franks sanfter Kuss auf meinen Hals brachte mich zum Höhepunkt.

„Beiß in ihre Brustwarze, Frank! Peitsche ihren Hintern aus, Neal! Lass ihre Haut brennen."

Es war zu viel. Die Orgasmen waren zu intensiv und näherten sich dem Punkt, an dem sie schmerzhaft wurden.

Mein nächster Schrei der Ekstase endete in einem Wimmern.

„Nein, hört nicht auf! Sie kann es aushalten. Gebt es ihr härter, schneller. Hört nicht auf sie."

Nicht auf mich hören? Kurzzeitig lichtete sich der Nebel der Ekstase. Aber nur für den Bruchteil einer Sekunde. Denn Frank und Master Cornelius taten genau das, was Duke ihnen befahl.

Franks Daumen und Zeigefinger kniffen in meine Klitoris, und seine Zähne bohrten sich in meine Brustwarze. Master Cornelius' Finger gruben sich in meine Kopfhaut und zogen an meinen Haaren, bis ich schrie. Ich schrie erneut, während sie in mich stießen und mich mit Zähnen, Händen, Schwänzen und Leder bearbeiteten.

Es war zu viel. Es war nicht genug. Es war genau richtig.

Ich erlebte in dieser Nacht einen Rausch der Glückseligkeit, schloss die Augen und verlor das Bewusstsein. Getreu ihrem Versprechen wurde ich mit einem heiseren Schrei der Ekstase ohnmächtig. Ich fiel in einen tiefen Schlaf, während ich von zwei starken Armen gehalten wurde. Es kam mir nicht einmal in den Sinn, die Männer zu bitten, mich gehen zu lassen, damit ich zu mir selbst zurückkehren könnte.

20

Ich wurde von einem vertrauten Duft geweckt. Nicht dem bittersüßen, cremigen Kaffeegeruch von Frank. Nicht dem rauchigen, leicht ammoniakartigen Geruch, den ich mit Master Cornelius und seinen Leinwänden assoziierte.

Es war etwas Dunkleres. Fruchtbare Erde. Feuer. Und der leicht süßliche Geruch von … Leder.

Ich riss die Augen auf, als mir wieder einfiel, wo ich war und wer sich in dem Zimmer befunden hatte, in dem es passiert war. Er war nicht darin gewesen. Er hatte auf der Schwelle gestanden. Duke hatte diese Schwelle schließlich überschritten, und jetzt lag ich in seinen Armen.

Ich war völlig nackt unter der Decke. Er trug noch ein Hemd und eine Jeans. Aber er war barfuß. Ich wusste es, weil meine Zehen seine berührten, denn er hatte sie unter die Bettdecke geschoben.

Die Berührung unserer Zehen fühlte sich intimer an, als wenn er seinen Schwanz in mich hineingesteckt hätte. Das Gefühl seines großen Schwanzes, der sich an der Stelle, an der er mich berührte, leicht nach rechts wölbte, war kaum zu ertragen. Ich schloss die Augen wieder und rückte ein Stück weg.

Wenn ich mich wehren wollte, brauche ich meine ganze Kraft. Eine kleine Pause nach dem Vergnügungsmarathon der vergangenen Nacht wäre nun also das Richtige.

Duke zog mich fester an seine Brust. Ich hörte das stete Pochen seines Herzschlags. Mein Herzschlag beschleunigte sich und verlangsamte sich dann, bis er mit seinem synchron war.

Als hätte er die Kapitulation meines Herzens gespürt, zog er auch meinen restlichen Körper fest an sich und legte ein Bein über meines, sodass er mich voll und ganz gefangen hielt. Es war an der Zeit aufzustehen, von ihm wegzukommen, eine Grenze zu ziehen. Duke hielt mich viel zu fest, und ich wusste, wenn ich noch länger bliebe, würde er mich nicht mehr loslassen. Aber ich konnte meinen Körper nicht dazu bringen, dem Flehen meines Herzens und meines Geistes Folge zu leisten.

„Wo sind Frank und Master Cornelius?", fragte ich.

„Frank hatte eine Besprechung und musste zur Arbeit. Neal ist zum Farbladen gefahren, weil er nicht den richtigen Rosaton für deinen Anus hatte."

„Meinen Anus?"

„Hmm", brummte Duke, während er seine Nase an meine Schläfe drückte. „Er sagte, du hättest das schönste Arschloch, das er je gesehen hat. Und er will es malen."

Dukes Hand zog träge Kreise auf meinem Rücken. Er hielt mich nicht so fest, dass ich mich nicht befreien könnte. Mein Körper lag still an seinem, gefangen zwischen dem Wunsch wegzulaufen und dem Wunsch, mich zu entspannen.

„Willst du davonlaufen, mein Kätzchen?"

„Du würdest mich doch nur wieder einfangen."

„Ja, das würde ich."

„Stalker.“

„Hmmm“, schnurrte er. „Brauchst du noch etwas mehr Platz, mein Kätzchen?“

Ich seufzte und legte meine Stirn an seine Brust. Es war alles so vertraut. So tröstlich. Das war der Grund, warum ich immer wieder zu diesem Mann zurückkehrte und bereit war, für ihn in die Knie zu gehen. Denn es ging nichts über das friedvolle Gefühl, das ich in seinen Armen, unter seinem Kommando, verspürte.

„Willst du, dass ich gehe, Miezekatze? Wenn ja, dann sage dein Safeword.“

Duke drehte mich auf den Rücken. Sein großer Körper drückte mich nicht in die Matratze. Er verlagerte sein Gewicht auf seine Unterarme, nicht auf mich. Ich befand mich zwar in einem Käfig, aber ich war nicht gefangen.

„Sag es!“, befahl er. „Sag Nein!“

Ich gehorchte nicht.

Mit einer Hand schob Duke die Decke hinunter, bis meine Brüste freilagen. Sie waren wund und sensibel, nachdem sie gestern ausgiebig gekniffen und geknetet worden waren.

„Du hast die Wahl. Die hattest du immer. Sag Ja oder sag Nein.“

Ich sagte gar nichts. Weil ich verwirrt war. Nein war mein Safeword. Was würde ein Ja bedeuten?

Das Geräusch eines sich öffnenden Reißverschlusses war ein Warnsignal, aber ich lief nicht davon, denn ich wollte es.

Ich wollte ihn. Und das wusste er. Duke wusste immer genau, was ich wollte, wusste immer genau, was ich brauchte.

So wie er es vergangene Nacht mit Frank und Master Cornelius in diesem Bett gewusst hatte. Er hatte gewusst, dass Master Cornelius eine hochwertigere Peitsche für mich gebraucht hatte. Und er hatte gewusst, dass ich die richtige

Frau für Franks Firma sein würde. Er hatte außerdem gewusst, dass ich zu gut für die Intel Corp. gewesen war, und dass diese Firma meine Zeit und Energie nicht verdient hatte.

„Hast du mir in all dieser Zeit nachgestellt, Duke?"

„Hatte ich ein Auge auf die Frau, die ich liebe, und habe ich dafür gesorgt, dass sie körperlich gesund, finanziell abgesichert und sexuell befriedigt ist?"

Er zog den Rest der Decke von meinem nackten Körper. Anstatt seine Frage zu beantworten, oder auch meine, seufzte er bei dessen Anblick. Es war ein glücklicher Seufzer, wie der eines Mannes, der nach einem harten Tag ein warmes Feuer und das Abendessen auf dem Tisch vorfindet.

Ich hob die Hand und führte sie zu seiner Stirn. Meine Finger zitterten bei der Berührung seiner warmen Haut. Funken stoben über meine Fingerknöchel, liefen meinen Arm hinunter und entfachten ein Feuer in meinen Adern. Duke gab sich meiner Berührung hin. Er schloss die Augen und stieß einen weiteren zufriedenen Seufzer aus.

Mein Handy piepte und störte den intimen Moment. Mein iPhone lag auf einem Nachttisch neben Dukes uraltem Android-Gerät. Ich verdrehte die Augen angesichts der veralteten und minderwertigen Technik. Dann griff ich nach meinem Telefon. Dukes Griff um mich wurde fester.

„Es könnte die Arbeit sein", protestierte ich.

„Du nimmst dir den Tag frei!", befahl er.

„Es ist Mittwoch, und ich habe Kunden, die mich brauchen."

„Du kannst nicht für sie da sein, wenn du dir keine Ruhepausen gönnst. Du brauchst eine bessere Work-Life-Balance. Das ist der Grund, warum ich dich mit Frank zusammengebracht habe."

Daraufhin setzte ich mich auf. Meine harten Brustwarzen zeigten auf Duke. Aber nicht anklagend. Sie ließen es zu, dass er sie berührte und mit ihnen spielte. Dann jedoch zog ich die Decke über mich, um meinen erregten Körper zu verbergen.

„Frank ist bei der Arbeit. Master Cornelius ist auf der Suche nach Farbe, damit er sich ebenfalls an die Arbeit machen kann. Bestimmt hast auch du viele Aufträge hast, die du heute erledigen willst. Was ist falsch daran, arbeiten zu wollen?"

„Weil du nicht weißt, wann du aufhören musst, und weil du nicht um Hilfe bittest. Wenn du das tun würdest, dann würde ich dich in Ruhe lassen."

„Mich in Ruhe lassen?" Meine Stimme klang hoch und schrill, atemlos und ungläubig. „Nur weil ich mich dir sexuell unterwerfe, heißt das nicht, dass du jeden Aspekt meines Lebens kontrollieren kannst. Schon gar nicht, wenn es um meinen Beruf geht."

„Ich versuche, mich um dich zu kümmern. Das kannst du nicht selbst tun, weil du dich zu sehr auf deine Arbeit konzentrierst."

Ich wand mich hin und her, bis ich mich aus dem Käfig seines Körpers befreit hatte und aufstehen konnte. „Weil ich so konzentriert bin, habe ich es in meinem Beruf so weit gebracht."

„Josie ..." Duke streckte die Hand nach mir aus, aber ich wich zurück.

„Nein!"

Seine Hand fiel auf die Matratze. Man hörte ein dumpfes Geräusch, das mich an das der Peitsche erinnerte. Aber es bedeutete kein Vergnügen. Duke sah aus, als hätte ich ihm einen Schlag ins Gesicht versetzt. Ich hatte noch nie Nein zu ihm gesagt.

„Das ist eine Grenze, die ich dich nicht überschreiten lassen werde", sagte ich.

Er stand auf. Mein erster Impuls war, auf die Knie zu fallen. Aber ich blieb aufrecht stehen.

Mein Handy piepte erneut. Der Ton verstärkte die Spannung zwischen uns. Ich griff nach meinem Telefon. Duke hielt mich nicht auf. Als ich auf das Display schaute, sah ich, dass ich mehrere Notfall-SMS von Shogun erhalten hatte. Sie waren gehackt worden.

21

Ich hatte es noch geschafft, nach Hause zu flitzen und den Geruch von unserem akrobatischen, in einigen Staaten vermutlich illegalen Sex von meinem Körper abzuwaschen. Jetzt trug ich ein sauberes T-Shirt, eine gebügelte Hose und meine Converse – ein formelles Business-Outfit war nicht nötig.

Shogun befand sich in einem einstöckigen Bürogebäude. Alle Räume waren offen. Außer dem Eingang war keine Tür mehr zu sehen. Ergonomische Stühle, Sitzbälle und -säcke standen überall herum. Die Mitarbeiter arbeiteten entweder an einer Tastatur oder hielten einen Controller in der Hand.

Es war ein Paradies für Gamer, der Traum eines jeden Computerfreaks. Ich musste zugeben, dass ich ein leichtes Kribbeln verspürte, als ich mich in dem Großraumbüro umschaute.

Kein Schreibtisch quoll über vor Papierkram. Niemand beugte sich über seine Tastatur, als würde das Gewicht des gesamten Unternehmens auf seinen einsamen Schultern lasten. Niemand hatte Tränensäcke unter den Augen, als wäre er die ganze Nacht wach gewesen und hätte bis in die frühen Morgenstunden auf den Bildschirm gestarrt.

„Da bist du ja!"

Frank stand plötzlich vor mir. Er breitete die Arme aus, um mich zu umarmen. Mein erster Impuls war, mich von der öffentlichen Zurschaustellung von Zuneigung zurückzuziehen. Mein Körper hingegen hatte ganz andere Pläne.

Meine Füße bewegten sich auf ihn zu, als wäre er ein Magnet und ich auf dem Weg nach Norden. Oder als wäre er das Sonnenlicht und ich eine Motte. Nein, keine Motte. Ein Schmetterling, denn sein Licht erhellte mein ganzes Wesen.

Frank schlang die Arme um mich. Er drückte seine Lippen auf meine Schläfe. Das Gefühl von warmem Honig, der über meine Haut läuft – so ließ sich Frank Gunns Ausdruck der Zuneigung beschreiben.

„Wir haben ein Problem", sagte er, als er schließlich von mir wegtrat. „Wir sind gehackt worden."

Mit diesen Worten zogen dunkle Wolken heran und verdeckten die Sonnenstrahlen, die auf mich gefallen waren. Ich wandte mich von Frank ab und ging auf die nächste Computerstation zu. Dabei sah ich den Typen mit den lila Haaren, der daran saß, mich einer hochgezogenen Augenbraue an. Er zuckte zusammen, blieb jedoch sitzen und blickte zu Frank auf. Dieser nickte, und dann stand der Typ auf und ging mir aus dem Weg.

Ich setzte mich in den Gamer-Sessel mit der hohen Rückenlehne. Das war der Hauptgrund, warum ich seinen Platz ausgewählt hatte. Ich hatte keine Lust auf einen Sitzsack gehabt, und ich würde mich nie im Leben auf einen dieser Sitzbälle hocken.

Für den Bruchteil einer Sekunde erlaubte ich mir zu genießen, wie sich die Lehne an meinen Rücken anschmiegte. Im unteren Lendenbereich befand sich ein Massagekissen. Ich würde Frank nach der Marke seiner

Büromöbel fragen, nachdem ich mich um sein Anliegen gekümmert hatte. Was nicht allzu lange dauern sollte. Ich schaute mich noch einmal um, in der Hoffnung, ein Büro mit einer Tür zu finden, gegen die Frank mich später würde drücken können, nachdem ich die Störung in seinem System beseitigt hatte.

„Mein Passwort ist …", hob der verscheuchte Mitarbeiter an und hielt dann inne, als er sah, dass ich bereits über seinen passwortgeschützten Anmeldebildschirm hinaus war.

Ich schmunzelte, als ich hinter mir seinen leisen, entsetzten Aufschrei hörte. Ich knackte Passwörter, seit meine Eltern eine Kindersicherung am Fernseher angebracht hatten.

Der lilahaarige Mitarbeiter räusperte sich und versuchte, einen Anschein von Kompetenz zu erwecken. „Soweit ich das beurteilen kann, handelt es sich um Malware."

„Wir haben über Nacht ein paar Kundenanrufe erhalten", sagte Frank. „Heute Morgen haben sich die Anrufe verdoppelt. Was auch immer das für ein Virus ist, es stiehlt persönliche Daten. Wenn das außer Kontrolle gerät, könnte es das ganze Unternehmen zu Fall bringen."

Nicht, wenn ich mich der Sache annehme. Shogun war mein Kunde. Ich durfte nicht zulassen, dass Hacker sich breitmachten und alles zerstörten. Da!

Ich hatte das Virus rasch ausfindig gemacht. Für ein ungeübtes Auge sah es wie eine normale Anwendung aus. Meine Finger flogen über die Tastatur, als ich das Virus dorthin zurückverfolgte, wo es hergekommen war. Der alphanumerische Code verschob und formte sich in meinem Gehirn, während ich den Bösewicht dazu brachte, sein Geheimnis preiszugeben und mich in den Kaninchenbau zu führen. Die Spur führte mich zu den E-Mail-Servern.

„Hat denn niemand mein Memo über die Weiterleitung von E-Mails gelesen?", brummte ich, während mein Zeigefinger auf der Suche nach dem Übeltäter über den Bildschirm fuhr.

Das Büro verstummte bei der Enthüllung des Namens des unaufmerksamen, unwissenden Dummkopfs, der eine E-Mail geöffnet hatte, die das gesamte Unternehmen angreifbar gemacht hatte. Alle hatten sich versammelt, um mir bei der Arbeit zuzusehen. Beim Anblick des Namens auf dem Bildschirm traten alle gemeinsam einen Schritt zurück: intern@coltoncorp.

Franks Hand auf meiner Schulter war kein Trost. Auch wenn ich wusste, dass er mich trösten wollte. „Bestimmt war das ein Versehen", sagte er. „Dein Praktikant ist schließlich noch ganz jung."

Da hatte er recht – mit dem Versehen, nicht mit dem Jungsein. Diese Mitarbeiterin von mir war nicht mehr ganz so jung. Sie hatte es nicht mit Absicht getan. Sie hatte es aus Versehen getan, weil sie kurz unaufmerksam gewesen war. Weil sie die Arbeit von zehn Frauen und zwei Männern erledigte. Aber das konnte ich Frank nicht sagen. Ich konnte ihm nicht sagen, dass er und seine Firma meinetwegen ihren Ruf verlieren könnten.

Ich blickte in Franks Augen. Seine vertrauensvollen Augen. Er hatte mir seine Welt anvertraut, seinen Lebensunterhalt. Ich würde ihn nicht im Stich lassen.

„Ich werde das in Ordnung bringen", sagte ich.

„Daran zweifle ich nicht", erwiderte Frank. „Soll ich mit dir in dein Büro fahren, um mit deinem Praktikanten zu sprechen?"

„Nein! Nein, du bleibst hier. Ich kümmere mich darum, und das Virus wird im Handumdrehen beseitigt sein."

Frank musterte mich eine Minute lang stumm. Der zynische Teil von mir fragte sich, ob er meine Lüge durchschaut hatte. Der kleinere, hoffnungsvolle Teil von mir wusste, dass er sich einfach nur um mich kümmern, dass er all meine

Sorgen und Nöte verschwinden lassen und mir Freude und Glückseligkeit bereiten wollte.

Ich durfte ihn das nicht tun lassen. Nicht, bevor ich sein System von dem Virus befreit hatte, den ich in seine Welt hatte eindringen lassen.

Frank drückte mir einen zarten Kuss auf die Lippen, aber es war seine Hand an meinem Rücken, die mich beinahe in Ohnmacht fallen ließ. „Ruf mich an, wenn du etwas brauchst."

Ich nickte, brachte jedoch kein Wort heraus. Auf wackeligen Beinen verließ ich das Gebäude. Wenn ich dieses Virus nicht finden und beseitigen könnte, würde nicht nur *ich* ihn, sondern *er* sein gesamtes Unternehmen verlieren.

Das durfte ich nicht zulassen. Ich würde das nicht zulassen. Dieses Virus würde nicht gewinnen. Ich hatte alles im Griff.

22

Na gut, das hatte ich nicht.

Das Virus war ein trojanisches Pferd. Es hatte sich im Code der Intel Corp. versteckt. Hatte man es absichtlich oder aus Unwissenheit dort platziert? Ich wusste es nicht, und ich hatte auch keine Lust, es herauszufinden.

Es hatte sich in der lange vernachlässigten XML-Dokumentation versteckt, an der ich vergangene Woche gearbeitet hatte. Als ich die Mail an mich selbst weitergeleitet hatte, hatte das Programm begonnen, seinen unheilvollen Code auszuführen. Jetzt richtete es im gesamten Shogun-System großen Schaden an. Es griff auf dessen Datenbank zu und stahl Benutzerinformationen. Es beschädigte die Funktion der Avatare und störte das Spiel.

Ich könnte es besiegen, denn es war ein ziemlich einfaches Virus und leicht zu töten. Das Problem war nur, dass ich allein war, und das Virus vermehrte sich schneller, als meine Finger es zerstören konnten.

Ich war kurz davor zu verlieren. Nicht nur gegen den Virus. Ich würde Frank verlieren, wenn er die Wahrheit über mein Unternehmen herausfände. Und dann würde ich auch

Master Cornelius verlieren, wenn er herausfände, dass ich wieder gelogen hatte.

Ich wollte keinen dieser beiden Männer verlieren. Sie hatten sich wie ein trojanisches Pferd in mein Leben geschlichen und im Schutze der Nacht alle meine Verteidigungsanlagen niedergerissen. Sie hatten mich gestern Abend in dieser Szene zerstört. Ich hatte so hell gebrannt, dass ich zu Asche geworden war. Am Morgen war ich wiedergeboren worden. Nicht als Phönix, sondern als Katze. Das war mein achtes Leben, und ich hatte nur noch eines.

Wie eine Katze wollte ich mich auf den Rücken rollen und mitten am Tag ein Nickerchen halten. Ich war müde. Ich würde verlieren und musste schließlich zugeben: Ich brauchte Hilfe.

Meine schmerzenden Finger lösten sich von der Tastatur, über die ich gebeugt gewesen war. Ich rieb mir die Tränensäcke unter den Augen. Wann hatte ich das letzte Mal geschlafen? Auf jeden Fall nicht vergangene Nacht.

Ich nahm mein Handy in die Hand, um Frank anzurufen. Ich wollte ihm alles erzählen.

Dass ich die einzige Person in meinem Unternehmen war. Dass ich in meinem Leben allein war. Dass ich das aber nicht mehr sein wollte.

Ich drückte mit dem Daumen auf die Home-Taste und erweckte den Startbildschirm zum Leben. Jemand klopfte an die Tür. Ich schaute hinüber, dann wieder zu meinem Telefon und schließlich wieder zurück zur Tür.

War das Frank? Hatte er mich aus dem Äther nach ihm rufen hören? Er war ein Service Top, und ich hatte schon lange vermutet, dass es sich dabei um mythologische Wesen handelt. Vielleicht war er hergeflogen, als er gespürt hatte, dass ich Hilfe brauchte.

Ich legte mein Handy auf den übervollen Schreibtisch und erhob mich von meinem Stuhl. Das ging nur langsam vonstatten, da mein schmerzender Körper protestierte. Ich hatte gestern den ganzen Tag sitzend verbracht, und mittlerweile war es zehn Uhr am nächsten Morgen.

Ich hatte nichts gegessen. Ich hatte nicht geschlafen. Ich war mir nicht sicher, ob ich überhaupt auf die Toilette gegangen war. Ich war ein totales Wrack und sah bestimmt auch so aus. Aber das war mir egal. Alles, was ich sehen wollte, war Frank.

Der Türknauf bewegte sich, als würde jemand einen Schlüssel hineinstecken. Hatte ich Frank einen Schlüssel zu meiner Wohnung gegeben? Na ja, wenn er magische Kräfte hatte, brauchte er wahrscheinlich keinen Schlüssel. Vielleicht benutzte er einen Zauberstab, um …

Die Tür ging auf. Vor mir stand kein mythologisches Wesen, sondern ein dunkler Ritter: Duke.

Er hatte ein Schwert in der Hand, klein genug, dass es in seine Handfläche passte.

„Woher hast du einen Schlüssel zu meiner Wohnung?"

Duke zuckte mit den Schultern. „Du hast mir gesagt, ich könnte eintreten."

„Erstens: Das ist mehrere Tage her. Zweitens: Das war keine pauschale Einladung. Und drittens: Das hier ist ein unerlaubter Zutritt."

Meine Stimme war bei jeder Nummer eine Oktave höher gestiegen. Als ich bei drei angekommen war, hatte ich geschrien. Die Lautstärke schien Duke nicht im Geringsten zu beunruhigen.

„Du siehst schrecklich aus", sagte er, als er eintrat.

Duke umarmte mich und drückte mich an seine Brust. Ich konnte sein schlagendes Herz spüren. Ich war zu müde, um zu protestieren. Seine Arme um meinen Körper waren genau das, was ich jetzt brauchte. Ich ließ zu, dass er mich festhielt, wohl wissend, dass er mich vielleicht nie wieder loslassen würde.

„Es ist alles meine Schuld", sagte ich und krallte mich am Stoff seines Hemdes fest. „Frank wird seine Firma verlieren, und das ist alles meine Schuld."

„Beruhige dich, mein Kätzchen", flüsterte Duke und streichelte meinen Nacken, so wie er es bei einer Katze tun würde.

Ich schnurrte nicht. Aber etwas in mir vibrierte und summte zu der beruhigenden Melodie, die er vom Ansatz meiner Wirbelsäule bis hinauf zu meinem Nacken klimperte.

„Und jetzt", sagte er, nachdem er die ganze Anspannung aus mir heraus gestreichelt hatte, „sag mir, was du brauchst."

„Hilfe", gab ich zu. „Ich brauche Hilfe."

Duke lächelte. Seine Brust blähte sich vor Stolz auf. Er stieß einen langen, glücklichen Seufzer aus, der wie der einer großen Katze klang, die sich an Sahne satt geschleckt hat.

„Sehr schön", sagte er und strich mir sanft über die Wange. „Lass deine Sorgen los, mein Kätzchen. Wir werden uns darum kümmern."

Ich schaute zur offenen Tür und sah Frank und Master Cornelius im Treppenhaus stehen. Sie hatten genau den gleichen Gesichtsausdruck wie Duke. Einen, der besagte, dass ich mir keine Sorgen mehr machen musste.

Oder vielleicht doch? Ich war mir nicht sicher, ob das alles ein Traum war, als ich die Augen schloss und alles schwarz wurde.

estimmt träumte ich, denn das echte Leben konnte unmöglich so gut sein. Drei Männer waren dabei, mich zu befriedigen.

Franks Kopf lag zwischen meinen Beinen, und seine Wangen berührten die Innenseiten meiner Oberschenkel, während er sanfte Küsse auf meine Schamlippen hauchte. Er stöhnte vor Vergnügen, während er mehr und mehr Lust aus mir herausschlürfte und -leckte.

Master Cornelius wirbelte eine regenbogenfarbene Peitsche knapp oberhalb meiner Brüste hin und her. Der Luftzug der Riemen strich über meine harten Brustwarzen. Als die Peitsche meine Brüste endlich berührte, hob sich mein Oberkörper vom Bett.

Es waren Dukes Hände, die mich festhielten, die mich nicht losließen. Er saß hinter mir und streichelte meinen nackten Körper, während er mir zärtlich schmutzige Sätze ins Ohr flüsterte.

Ich öffnete die Augen und stellte fest, dass ich mit dem Rücken an einer vertrauten Brust lehnte. Mein Körper war nicht nackt. Duke flüsterte nicht in mein Ohr. Er küsste meine Schläfe.

Es waren sanfte Küsse, die mich geweckt hatten, da ich geschlafen hatte. Ich hatte diese ruhigen, stillen Momente mit ihm vermisst, wenn er sich um mich gekümmert hatte, nachdem er meinen Körper in schwindelerregende Höhen gebracht hatte. Sie waren mir immer heilig gewesen. Vor allem, weil ich dabei so verletzlich gewesen war, völlig ohne Schutzschilde.

Ich lag auf seiner Brust. Meine Beine waren mit seinen verschränkt. Mein Oberkörper schmiegte sich an ihn. Meine Wange lag auf seinem Brustkorb. Die Welt da draußen hätte zusammenbrechen können, und es wäre mir egal gewesen.

„Du kannst dich ausruhen, mein Kätzchen. Wir haben alles unter Kontrolle.“

Ich blinzelte, und die vergangenen 48 Stunden kehrten wie ein kalter Neustart in mein Gehirn zurück. Das Virus. Shogun. Frank.

Ich versuchte aufzustehen, aber mein Körper fühlte sich müde an. Anstatt mich festzuhalten, stützte Duke mich und schob meinen Oberkörper ein wenig nach oben, sodass ich mit dem Rücken an seiner Brust lehnte. So konnte ich aus meiner offenen Schlafzimmertür schauen.

„Ist es Command C oder Control C?“

Ich kannte diese Stimme. Sie gehörte Kaiden Louis, einem von Marees Liebhabern. Was hatte er in meinem Wohnzimmer zu suchen?

„Kommt darauf an“, erwiderte Kellie. „Arbeitest du mit einem Mac oder einem PC?“

„Ist das nicht ein- und dasselbe?“, fragte Kaiden.

Man hörte das Geräusch von Fingern, die auf eine Tastatur tippten. Dann kam alles abrupt zum Stillstand. Als ich mich ganz aufrichtete, sah ich, dass das Wohnzimmer voller Leute war. Alle schauten zu Kaiden, der zwischen Marees Beinen auf dem Boden hockte.

Maree wiederum saß auf der Couch zwischen ihren beiden anderen Liebhabern, Paul und Sam. Dann waren da noch Kellie und die Carson-Zwillinge, die diese im Rahmen ihrer Dissertation über perverse Neigungen studierte. An meinem Schreibtisch saß Frank. Master Cornelius schaute ihm über die Schulter. Jeder hatte einen Laptop oder ein Tablet vor sich und alle starrten Kaiden entgeistert an.

„Personal Computer", erwiderte dieser achselzuckend. „Das ist doch die Abkürzung für PC. Per Definition ist ein Mac ein Personal Computer. Also ist er ein PC."

„Ein Mac ist das bessere Produkt", sagte Sam.

„Das sagst du nur, weil er teurer ist", wandte Kaiden ein.

„Nein, weil er besser ist", beharrte Sam.

„Leute", mahnte Maree. „Wir haben hier etwas zu erledigen. Und die Antwort lautet Command C, mein Schatz."

„Danke, liebste Maree."

Die beiden sahen einander liebevoll an und kehrten dann zu ihren Tastaturen zurück. Alle anderen folgten ihrem Beispiel, sodass man nur noch das Tippen hörte.

„Was ist hier los?", fragte ich und stieß mich von Dukes Brust ab. Ich war überrascht, dass er mich tatsächlich losließ.

„Krieg", erwiderte Duke. „Deine Armee ist hier, um das Trojanische Pferd zu besiegen. Aber ich bin mir nicht sicher, ob wir die Trojaner oder die Griechen sind. Denn haben die Griechen die Trojaner nicht mithilfe des Pferdes besiegt?"

Meine Armee war hier? Meine Freunde waren hier und kämpften meinen Kampf gegen den Feind, den ich in unsere sicheren Gewässer hatte eindringen lassen. Und so wie es sich anhörte, war meine Armee am Gewinnen, denn ich hatte die besten Leute auf meiner Seite.

Anstatt aufzustehen und den Kampf fortzusetzen, wandte ich mich wieder an Duke. „Es tut mir leid."

„Warst du ein böses Mädchen, mein Kätzchen?" Seine Stimme war wie das Schnurren eines Löwen, der mit seiner nächsten Mahlzeit spielt.

Ich drückte ihm einen Kuss auf die Lippen und streifte einen seiner Eckzähne mit der Unterlippe. Das brachte ihn zum Schweigen, und er sah mich überrascht an, als ich mich zurückzog.

„Heißt das, du wirst nicht mehr vor mir weglaufen?", fragte Duke.

Ich seufzte und senkte die Schultern wie ein Reh, das weiß, dass es keine Chance hat zu entkommen. „Du würdest mir ja doch nur wieder nachjagen, wenn ich versuche abzuhauen."

„Stimmt", erwiderte er mit einem schamlosen Grinsen. „Es ist meine Aufgabe, dich vor deinem ärgsten Feind zu beschützen. Und das bist in den meisten Fällen du selbst."

„Danke, dass du mir geholfen hast, auch wenn ich dachte, dass ich keine Hilfe benötige."

„Gern geschehen, mein Kätzchen."

Duke presste seine Lippen auf meine. Ich öffnete den Mund und erlaubte ihm, das, was ihm schon immer gehört hatte, zurückzufordern. Er wollte mehr, wie es immer seine Art gewesen war.

„Aber ich will meinen Schlüssel zurück", sagte ich, als er mir wieder Luft zum Atmen gab.

Er seufzte und verdrehte die Augen, kramte dann aber in seiner Tasche, um mir den Ersatzschlüssel zu geben. Ich zweifelte nicht daran, dass dies nur einer von vielen war, die er hatte anfertigen lassen.

„Es ist vollbracht." Frank stand in der Tür zu meinem Schlafzimmer. „Das Virus ist tot. Aber du solltest sichergehen, dass wir alle Spuren beseitigt haben."

„Es tut mir so leid, Frank. Das war alles meine Schuld.

Wenn ich nicht so getan hätte, als ob ich keine Hilfe bräuchte, wäre dir das nicht passiert."

„Komm her", sagte Frank.

Es war der erste Befehl, den er mir je erteilt hatte, und ich bewegte mich ohne zu zögern auf ihn zu. Ich war schon fast bereit, auf die Knie zu fallen, als er meine Taille umfasste und mich an sich zog.

„Schau über meine Schulter", sagte Frank. „In deinem Wohnzimmer sind lauter Menschen, die alles stehen und liegen gelassen haben, um dir zu helfen. Du bist nicht allein. Das warst du nie. Und das wirst du auch niemals sein."

Master Cornelius trat an die Tür und versperrte mir die Sicht. „Aber wir werden diese Angelegenheit nicht ungestraft lassen."

„Ja, Sir."

„Ihr wisst ja, wo der Ausgang ist", sagte Master Cornelius zu den anderen.

Ich warf einen Blick ins Wohnzimmer und sah, wie mich meine Mädels angrinsten. Maree winkte, bevor sie an der Seite ihrer Männer meine Wohnung verließ. Kellie reckte in einer Siegerpose den Arm in die Luft. Dann blieb ihr Blick an Duke hängen, und sie kniff warnend die Augen zusammen und deutete mit zwei Fingern auf ihre Augen und dann auf ihn. Duke lächelte sie an wie die Grinsekatze, die Alice in den Spiegel zerrt.

Schließlich ergriff Kellie die Hände der Zwillinge und wandte sich zum Gehen. Dann ging meine Schlafzimmertür zu und ich war allein mit drei hungrig aussehenden Männern.

24

*E*in Teil von mir wollte zu meinem Computer eilen, um zu überprüfen, ob meine Freunde tatsächlich alle Spuren des Virus aus Shoguns System entfernt hatten. Aber ein größerer Teil von mir – der Teil zwischen meinen Beinen, der in der vergangenen Woche das Denken übernommen hatte – wollte, dass man sich seiner annahm. Außerdem gaben mir die drei Männer in meinem Schlafzimmer unmissverständlich zu verstehen, dass meine Arbeitszeit vorbei war und es nun ans Spielen ging.

„Wir haben über deine Zukunft gesprochen und sind zu einem Entschluss gekommen, mein Kätzchen."

Ich schüttelte den Kopf, denn hier musste es sich um einen Fehler in der Matrix handeln. Hatten wir denn nichts aus den aktuellen Geschehnissen gelernt? Mir gefiel es nicht, wenn andere über meine Zukunft entscheiden wollten.

„Es wird in Zukunft neue Regeln geben", sagte Master Cornelius und zog eine Peitsche hinter seinem Rücken hervor, als wäre sie ein Kaninchen aus dem Hut.

„Wir respektieren deine Selbständigkeit", versicherte

Frank mir. „Aber du musst bedenken, dass du nicht allein auf dieser Welt bist. Es gibt viele Menschen, die dich lieben."

Die Anspannung in meinen Schultern löste sich in Luft auf. Sowohl wegen des L-Wortes, das Frank ausgesprochen hatte, als auch wegen der Tatsache, dass er recht hatte. Das, was noch vor wenigen Augenblicken in meinem Wohnzimmer stattgefunden hatte, war eigentlich Beweis genug. Aber auch die strengen Blicke der drei Männer bestätigten das. Zwar lebte ich primär in einer digitalen Welt, aber ich spürte die Liebe, die von diesen drei Männern ausging. Bestimmt konnten sie auch meine Zuneigung ihnen gegenüber in meinen Augen sehen.

Ich hätte alles dafür gegeben, Franks Firma zu retten. Ich würde mich zu einer Brezel verdrehen, um die Muse zu sein, die Master Cornelius malen wollte. Und Duke? Der Mann hatte nie an meinen Gefühlen für ihn gezweifelt. Er hatte nur darauf gewartet, dass ich den Krieg mit mir selbst beendete, bevor er wieder auf den Plan getreten war.

„Du sorgst meist nicht gut genug für dich", sagte Duke. „Deshalb werden wir dir helfen."

Instinktiv wollte ich protestieren. Aber er hatte recht. Ich war phänomenal in meinem Job, aber wenn ich mir keine Pausen gönnte, litten alle Systeme.

„Ja, Sir", erwiderte ich.

Duke hob die Augenbrauen, offensichtlich überrascht über meine Zustimmung.

„Du und ich werden bald Kunst-Dates haben", sagte Master Cornelius.

„Ich habe kein Talent zum Malen", sagte ich.

„Du wirst posieren", stellte er klar. „Größtenteils nackt."

„Ja, Sir."

„Ich übernehme dein Unternehmen", sagte Frank.

„Du tust ... was?"

„Du kommst zu Shogun", erklärte er.

Ich schüttelte den Kopf. An dieser Stelle musste ich ein Machtwort sprechen. Ich hatte gedacht, dass es mir am schwersten fallen würde, bei Duke Grenzen zu setzen. Ich hatte nicht erwartet, dass ich bei Frank Nein sagen würde.

„Nicht als meine Angestellte", fuhr Frank fort. „Als meine Partnerin. Wir brauchen eine bessere Cybersicherheit. Und du wirst ein Team haben, ein echtes Team aus Menschen, und keine E-Mail-Aliasnamen."

Ich dachte an Shoguns Großraumbüro. „Ich setze mich nicht auf einen Sitzsack."

„Nein, Liebes", erwiderte Frank ernst. „Du wirst auf meinem Interface sitzen."

Daraufhin stieß ich ein Schnauben aus.

Frank schnaubte ebenfalls, und seine blauen Augen funkelten mich an.

„Ja, Sir."

„Und jetzt", sagte Master Cornelius und drehte die bunte Peitsche in seiner Hand. „Aufs Bett mit dir! Arsch in die Höhe! Wir werden uns jetzt um dich kümmern, Josephine."

Ich tat, was mir gesagt wurde. Ich brauchte nicht zu verhandeln, denn ich wusste, dass diese drei Männer nur das Beste für mich im Sinn hatten. Und ich konnte mich darauf verlassen, dass jeder von ihnen mich halten und auffangen würde, wenn ich fallen sollte.

EPILOG

Die Kink-Clubs von heute sind nicht das, was die meisten Leute erwarten würden. Vor allem nicht, wenn sie *Fifty Shades of Grey* gesehen haben. Klar, es gibt diverse Sex-Möbel wie Andreaskreuze oder Prügelbänke, auf die sich unartige Erwachsene wie auf den Schoß von Santa-Dom begeben können. Natürlich gibt es auch Betten und Sexspielzeuge wie Dildos, Nippel- und Arschklemmen sowie Spreizstangen.

Wen man in diesem Wunderland höchstwahrscheinlich nicht antrifft, ist Christian Grey höchstpersönlich. Stattdessen begegnet man Typen ohne Sixpack und ohne dichte, dunkle Haare.

Die große Mehrheit der Kinkster-Männer besteht nicht aus großen, introvertierten Milliardären in ihren Zwanzigern. Sie sind meist mittelgroß, haben einen schütteren Haaransatz und einen Bierbauch – Freaks und Nerds eben. Für das geschulte Auge tut das ihrer Attraktivität jedoch keinen Abbruch, es sei denn, jemand ist auf der Suche nach einem sadistischen Sugar Daddy in einem roten Anzug mit Pelzbesatz. Und, ja, davon gibt es natürlich auch welche.

Was die Kinkster von heute – Männer, Frauen und nicht-binäre Personen – zu wirklich attraktiven Spielpartnern macht, ist, dass sie genau wissen, wer sie sind, und dass sie keine Angst haben, einem zu sagen, was genau sie wollen und brauchen, um zu kommen.

„Verdammt, Sir", stöhnte eine Frau, die gerade den Kink-Club durchquerte. Neben ihr schritt ein Mann in einer ledernen Hose und mit nacktem Oberkörper. Alle paar Schritte schlug er der Frau auf den Arm.

„Verdammt, Sir", stöhnte sie erneut nach einem weiteren Schlag. Sie ging ein wenig wackelig, als ob sie ihre Beine zusammenpressen würde, um einen Orgasmus hinauszuzögern. Dennoch schaffte sie es, mit ihm Schritt zu halten.

Ihr Spielpartner griff nach ihrem Oberarm, genau über der roten, wunden Stelle, auf die er sie geschlagen hatte. Die Frau schloss die Augen, und ihre Schritte gerieten ins Wanken. Aber der Mann hielt sie fest, bis sie aufhörte zu zittern. Als sie wieder stabil genug war, um allein gehen zu können, wechselte er auf die andere Seite.

„Verdammt, Sir", schrie sie erneut, als er ihr auf den anderen Arm schlug.

Ein weiteres Missverständnis besteht in der Art und Weise, wie Kinkster es treiben. Es geht nicht nur um Handschellen und Halsbänder. Verdammt, eine Vorstadt-Mutti kann sich heutzutage ein Paar pelzbesetzte Handschellen und einen Dildo im Supermarkt kaufen. Was vor ein paar Jahren noch als pervers galt, ist heute Mainstream. In den 1950er Jahren galt Oralsex als pervers und war in einigen Bundesstaaten sogar strafbar. Mittlerweile haben Studentinnen keine Hemmungen, auf College-Partys Analverkehr vorzuschlagen.

„Ach, fick dich, du verdammtes Arschloch!"

Das kam von einem Mann, der über eine Prügelbank gebeugt war. Es war nicht Santa Claus, der ihm den Hintern versohlte, sondern Mrs. Claus in einem roten Lederoutfit, die einen lila Dildo in der Hand hielt. Besagter Dildo wurde schwungvoll in das Arschloch des Mannes gerammt.

„Sag mir, wie sehr du es willst, du Schlampe!", befahl Mrs. Claus bei dem nächsten Stoß, bei dem der Mann sich vor Lust auf die Fußballen stellte.

„Verdaaaammt", lautete seine Antwort, und sein ganzer Körper zuckte.

Bei perversen Neigungen geht es vor allem darum, wie man den Begriff versteht. Ich wusste das, weil ich mich damit beschäftigte, seit ein Junge zum ersten Mal seine Finger in mein Höschen geschoben und mich zum Orgasmus gerieben hatte. Seit der Highschool jagte ich diesem Gefühl der Glückseligkeit nach. Ich war promiskuitiv und schämte mich nicht dafür, und ich hatte mich schon früh zu meinen perversen Neigungen bekannt.

„Bist du heute Abend wegen deiner Doktorarbeit hier, Kellie? Oder zum Spielen?", fragte der Barkeeper.

„Beides", erwiderte ich, nahm den mir dargebotenen Whiskey und leerte ihn in einem Zug. Die bernsteinfarbene Flüssigkeit brannte in meiner Kehle und machte mich wach.

„Sag mir Bescheid, wenn du eine neue Testperson brauchst, meine Süße."

„Danke." Ich zwinkerte ihm zu und reichte ihm das leere Glas.

Dieser Teil – der Beobachtungsteil – meiner Arbeit war erledigt. Ich brauchte keine weiteren Teilnehmer für meine Studie. Alle Daten waren gesammelt, alle Ergebnisse zusammengetragen, sogar das Korrekturlesen meiner Dissertation war abgeschlossen.

Morgen würde ich das fertige Dokument meinem Professor vorlegen. Heute Abend wollte ich feiern.

Ich machte mich auf den Weg in den hinteren Teil des Clubs. Vorbei am Andreaskreuz. Vorbei an den Prügelbänken. In einer dunklen Ecke des Raumes stand ein schlichtes, mannshohes Dreibein, an dem ein Seil baumelte. Ein Schauer durchfuhr mich, und ich wackelte voller Vorfreude mit den Zehen.

Wie ich schon sagte, waren perverse Neigungen oder Kink schon immer mein Lieblingsthema. Ich hatte Psychologie studiert und war kurz davor, meinen Doktortitel in Verhaltenspsychologie mit Schwerpunkt auf Geschlecht, Sex und abweichendem Verhalten zu erwerben. Mein Spezialgebiet? Kink, natürlich.

Perverse Neigungen sind eine Frage der Sichtweise, richtig? Nun, die einzige Möglichkeit herauszufinden, was Kink für andere bedeutet, besteht darin, ihr Schlafzimmer zu betreten. Leider lassen die meisten Paare, die miteinander Sex haben, keine Studenten in ihr Boudoir, damit sie ihre Vorlieben studieren können. Na ja, einige vielleicht schon. Aber selbst diese Swinger mögen es nicht, wenn ihnen während des Fickens Fragen gestellt werden. In einem BDSM-Club sieht das ganz anders aus, da sind die Leute viel mitteilsamer.

Ich fand heraus, dass es eine breite Skala von Kink gibt. Die meisten der sich selbst als pervers bezeichnenden Menschen befanden sich am extremen Ende der Skala. Augenbinden gelten bei manchen bereits als pervers. Aber wenn man eine Kapuze über dem Gesicht hat, sodass man überhaupt nichts mehr sehen kann, und ganz in Latex gekleidet ist, ist das wirklich pervers. Vor allem, wenn man zusätzlich an einer Leine herumgeführt wird, während andere einen befingern und streicheln dürfen, wie bei der jungen Frau in der Mitte des Clubs.

Knutschflecken gelten bisweilen als unanständig. Aber wenn einem blaue und rote Flecken verpasst werden und man diese dann vorführt, als wären sie Accessoires, ist das wirklich pervers. Vor allem, wenn man sehr genau darauf achtet, wie man verletzt wird. Wie der Typ in der Ecke, der gerade mit Messern bearbeitet wurde.

Heutzutage steht jeder und jede auf Spanking. Glauben Sie mir, ich weiß das. Eines nachts, als ich noch ein Kind war, wachte ich auf, weil ich ein rhythmisches Schlagen hörte. Dann vernahm ich, wie meine Mutter meinen Vater *Daddy* nannte und ihn bat, ihren Hintern härter zu versohlen. Abartig? Pervers? Nicht so sehr wie die Striemen, die sich auf dem Hinterteil der Frau in der anderen Ecke bildeten, während ihr Partner sie mit einer Rute bestrafte.

Ich? Ich mag es, gefesselt zu werden. Und dann aufgehängt. Genau wie die junge Frau, die am Dreibein stand. Die beiden Männer, die sich an ihr zu schaffen machten, waren sehr geschickt im Knüpfen von Knoten. Dann zogen sie sie an den Seilen in die Höhe. Mir lief bei dem Anblick das Wasser im Mund zusammen. Ich konnte es kaum erwarten, dass diese Szene endete, damit meine beginnen konnte.

Lassen Sie sich nicht entgehen,
wie Kellie sich mit ihrem Professor anlegt,
die Zwillinge als Rigger ausbildet
und gleichzeitig ihre Doktorarbeit abschließt, in
Meister des Spiels, dem dritten Band der „Ihre Herren &
Meister“-Reihe.